La memoria

821

DELLO STESSO AUTORE

La briscola in cinque
Il gioco delle tre carte
Odore di chiuso

Marco Malvaldi

Il re dei giochi

Sellerio editore
Palermo

e-mail: info@sellerio.it
www.sellerio.it

2011 Decima edizione

Malvaldi, Marco <1974>

Il re dei giochi / Marco Malvaldi. - Palermo: Sellerio, 2010.
(La memoria ; 821)
EAN 978-88-389-2479-8
853.92 CDD-22

CIP – *Biblioteca centrale della Regione siciliana «Alberto Bombace»*

Il re dei giochi

A Samantha e a Leonardo-do:
finalmente un po' di vita...

Quando ero giovane
le mie ali erano forti ed instancabili,
ma non conoscevo le montagne.
Da vecchio conoscevo le montagne,
ma le mie ali erano stanche e non riuscivano
a sorreggermi nel volo –
il genio è saggezza e gioventù.

EDGAR LEE MASTERS,
Antologia di Spoon River

Zero

Il biliardo è molto bello.

Le zampe sono grosse, poggiano bene in terra e danno l'impressione di qualcosa di inamovibile, che è sempre stato lì, sin dalla notte dei tempi o prima ancora. Intorno, alle pareti, ci sono due rastrelliere che allineano una decina di stecche tutte uguali, il che significa che il biliardo è nuovo e che non c'è stato ancora bisogno di comprare altre stecche in sostituzione di quelle rovinate, o fregate. Sopra il biliardo si affacciano tre lampadari, verdi per tradizione, che hanno intorno, come un simbolo magico, la scritta: biliardi Mari.

Ma tutto questo, uno lo nota solo quando queste luci sono spente.

Quando invece le luci vengono accese, cambia tutto. Se qualcuno le accende, si diceva, un rettangolo di un verde ipnotico si materializza all'improvviso e illumina la stanza di luce propria. Adesso, più che gravare sul pavimento, il biliardo sembra venirne fuori.

Sul rettangolo verde gravitano delle sfere lucide, che si muovono in modo sublime. Viaggiano drittissime, cozzano tra loro con suoni rassicuranti e rimbalzano sulle sponde come se a governarle fossero delle leggi ideali, geometriche e perfette, isolate dalla rumorosa e vibrante fisica del resto del mondo.

Il biliardo può comunicare con l'esterno solo attraverso la mediazione di alcuni sapienti dall'aria ieratica, detti Giocatori, che si muovono con calma studiata intorno al rettangolo. Questi savi impartiscono al biliardo le loro decisioni per mezzo di scettri che adoperano in modo curioso, brandeggiandoli con forza da un lato mentre dall'altro li guidano come una penna. Potenza e precisione unite in matrimonio. Al casuale osservatore, che si ferma affascinato dalla innaturale perfezione del gioco, può venire in mente di assistere a qualcosa di soprannaturale.

Così, egli potrebbe pensare, Platone si immaginava forse le forme immutabili di cui noi vediamo le ombre sul fondo di una caverna.

Così, forse, deve essere il mondo delle Idee.

Sembra che lì, in mezzo al tavolo, la realtà non possa arrivare, e debba lasciare il posto alla Perfezione.

Peccato solo che spesso uno dei saggi, che di nome fa Ampelio, si metta a bestemmiare pesantemente la Madonna; a quel punto l'atmosfera si incrina, la realtà si libera a pedate negli stinchi della Perfezione e dalla lontana poesia dell'Attica uno si ritrova tutto di un colpo di nuovo a Pineta.

– Vacci di rinquarto.
– No, tranquillo, la vedo.
– T'ho detto vacci di rinquarto.
– E io ti dico che la vedo.

– Ma cosa voi vede', ma cosa...
– Se ti cheti un attimo tento di tirare, grazie.
– Io ci andrei di rinquarto.
– Ampelio, l'ultima volta che t'ho dato retta c'era ancora il re. E fra l'altro ho fatto male. Lasciami tirare.
– Tira tira – borbotta Ampelio. – Poi però 'un ti rialzare e resta chinato, m'arraccomando. Se proprio bisogna fassi incula', armeno si fa presto.
Aldo si china, guarda la palla e fa scorrere la stecca avanti e indietro, in modo delicato. Sempre in modo delicato, colpisce la palla bianca che punta diretta verso la palla gialla. In modo ancora più delicato, prima di colpire la palla gialla, la palla bianca sfiora un birillo bianco, che si inclina e cade. In modo tutt'altro che delicato, Ampelio dice ad Aldo che non capisce una segaccia nulla. Aldo allarga le braccia, il Rimediotti ridacchia e Pilade segna.
– Aldo, beve due. Noi cinquantuno, loro trentanove. Partita nostra. A me un Averna.
– Per me un ber corretto al sassolino – dice il Rimediotti mentre posa la stecca.
– Io mi prendo una spuma bionda. Te Ampelio cosa vuoi?
– Cambia' compagno, voglio.
– E da bere nulla?
– No, nulla. Sai cosa? Mi ci andrebbe un gelato...
Detto, fatto. Aldo si leva il grembiulino verde, che porta per non sporcarsi i pantaloni quando si appoggia al tavolo, e ripete gli ordini meccanicamente a voce bassa, come farebbe nel suo ristorante. Ma sì, il Boccac-

cio. Sì, proprio quello dove si mangia veramente bene, con degli antipasti di una fantasia incredibile. Bravi, quello con il cuoco enorme che se per caso ti azzardi a fare una critica sul cibo col tono di voce sbagliato dopo dieci secondi te lo trovi a fianco al tavolo che ti guarda come se fosse lì lì per farti mangiare il piatto a sganassoni, peccato ci sia gente.

– Averna, corretto sassolino, giocatore nuovo. Se sono finiti i giocatori, un gelato. Come il gelato?

– Yogurt e cioccolato. Ner cono, no nella coppetta.

– Nel cono, nel cono.

Dalla stanza del biliardo, Aldo percorre un breve corridoio. In fondo, il corridoio sfocia nella sala principale di un bar. Dietro il bancone del bar ci sono due persone. La prima è una bella ragazza con i capelli rossi, che sono comunque la seconda cosa che uno nota. La seconda persona è sui trentacinque, ha i capelli neri e riccioluti e un profilo da pirata saraceno, con un naso lungo e aquilino e un'aria a metà fra l'attento e l'imbronciato. Se conoscete il bar, sapete benissimo che la ragazza si chiama Tiziana e che la prima cosa che uno nota in Tiziana sono due puppe meravigliose. Un'altra cosa che sapete, se non siete nuovi dell'ambiente, è che il tipo con l'aria da pirata si chiama Massimo, è il proprietario del bar e per qualche strana ragione è convinto che non sempre il cliente sappia ordinare da solo. In questo momento, Massimo sta mettendo nel banco gelati un cestello che contiene una nuvola liscia, morbida e compatta di gelato bianco, uscito ora ora dalla gelatiera. Il cestello non si incastra bene e Massimo, che ha tante belle doti ma come abilità manuale è impedito, tenta di parcheggiarlo dentro il suo alloggiamento muovendolo avanti e indietro in modo sistematico. In realtà muore dalla voglia di cominciare a sbatacchiarlo ma si trattiene.

Aldo comincia a parlare quando non è ancora arrivato al bancone, come fa al ristorante quando entra in cucina dopo aver preso le ordinazioni.

– Massimo, mi fai una spuma bionda, un Averna, un corretto al sassolino. E mi fai un cono yogurt e cioccolato, grazie.

– Spuma bionda, Averna, corretto al sassolino – risponde Massimo con tono impersonale, senza alzare gli occhi dal banco dei gelati.

– E un cono yogurt e cioccolato.

– Non è detto. Quanto giocate ancora?

– Mah, una o due partite.

– Una o due partite. Allora niente cono.

– Dai, non fare il bambino, per favore. Se vuoi entrare tra mezz'ora s'è finito.

– Non è per giocare io. È perché giocate voi.

– Ah, be'. E, di grazia, cosa c'entra?

– Chi lo ha macchiato il tavolo una settimana fa rovesciandoci sopra una betoniera di gelato alla nocciola? – chiede Massimo mentre continua a cercare di convincere il cestello ad entrare nell'alloggiamento, in modo sempre meno cortese.

– Ah, è per quello. Sì, è stato Ampelio, va bene. Ora…

– E chi lo ha pulito il panno con tanto amore e tanta pazienza? – insiste Massimo, che intanto ha iniziato a sbatacchiare il cestello.

– Massimo? – azzarda Aldo, ormai invischiato suo malgrado nella maieutica del barista.

– Esatto. Promosso. Per premio, ti devo una spiegazione. Siccome mio nonno gesticola sempre come un agente di borsa, anche quando mangia, finché è a meno di sei metri dal tavolo il cono non glielo faccio.

– E allora? Non glielo farai mica in coppetta?

Miracolo. Il cestello è entrato nell'alloggiamento e Massimo lo guarda con aria sospettosa, come a dire se volevi c'entravi subito. Quindi guarda Aldo.

– Niente. Né cono né coppetta. Dopo, quando avete finito, gliene faccio anche due di coni.

Aldo allarga le braccia. Intanto Tiziana, senza farsi vedere né sentire, ha preparato tutto il resto su un vassoio che porge ad Aldo da sopra il bancone, sporgendosi. Aldo che è gentleman e uomo di mondo le sorride guardandola negli occhi, ringrazia, prende il vassoio e se ne va. Massimo intanto sta sistemando i restanti cestelli, che non sono perfettamente paralleli tra loro e la cosa gli dà noia. Tiziana smette di sorridere e lo guarda male.

– Sei cattivo.

– No, sono obiettivo. Se do un gelato al cioccolato in mano a mio nonno in due minuti mi ritrovo il biliardo mimetico.

– Allora falso. Il biliardo l'altra volta l'ho pulito io.

– Questo sì. Vuoi un euro di aumento o ti accontenti della menzione d'onore come dipendente del mese?

– Mi basta che tu mi dia due settimane di permesso. A settembre.

– A settembre. Va bene. Non c'è problema.

– Dal due al diciotto.

– Non c'è problema. Ovviamente puoi recuperare con gli straordinari. Vediamo, prima di tutto avrei bisogno di lavare la macchina. Poi a casa ho un bel po' di roba da stirare. Roba facile, non preoccuparti, niente camicie; quelle le mando a mia madre. Poi...

– Massimo, dai...

– Sì, tranquilla. Dal due al diciotto di settembre. Ascolta, fra una mezz'ora vado un po' al biliardo. Se hai bisogno mi chiami.

– Va bene. Grazie, eh –. Adesso a Tiziana il sorriso arriva fino alle orecchie.

– Di niente, figurati. Tanto a settembre... – si interrompe vedendo arrivare Ampelio – ... ci sono rimasti solo i vecchietti. Dimmi nonno.

– Te lo devo di'? – grugnisce Ampelio.

– No, forse è meglio se tento di indovinare. Vuoi ordinare qualcosa?

– Ordinare? Il mi' sergente ordinava! Capecchi, si chiamava, era di Reggio Emilia. Lui ordinava, e noi tutti a fa' come diceva lui. E si rischiava la pelle, mìa discorsi. Quand'ero giovane, se uno ordinava, l'altri facevano. Ora che son vecchio, 'un dìo nell'esercito, maremma cignala, ma nemmeno ar barre posso ordina'. Dimmi te se è regolare!

– Prima di tutto, abbassa la voce. Non sono nonna Tilde e ci sento anche se non urli come un muezzin. In secondo luogo, col povero sergente Capecchi è una vita che mi ci torturi i coglioni per cui lasciamoli riposare in pace, lui e loro. Terzo, il fatto che non ti faccia il gelato dipende solo dal mio desiderio che il biliardo si conservi pulito. Siccome, a livello di probabilità, darti in mano un gelato e continuare ad avere il biliardo pulito sono sperimentalmente due eventi contrastanti, il gelato non te lo faccio. Fra mezz'ora, quando avrete finito, ti do tutto il gelato che vuoi.

– Mh! Tutto ver che voglio. Sarebbe bellina – bofonchia Ampelio.

– Hai ragione – approva Massimo. – Diciamo che te ne faccio uno.

– Fammi un caffè, vai.

– Lo beve qui? – chiede Tiziana mentre armeggia alla macchina espresso.

– No, me lo porto di là sur biliardo e lo rovescio. Armeno costa meno der gelato.

La voce di Pilade Del Tacca, entrato a sua volta nel bar dalla sala del biliardo, si inserisce con un ben noto tono di fastidiosa autorità.

– Come se tu pagassi, vero...

Non c'è niente da fare: ci sono al mondo persone che la natura dota di talenti innegabili, che si rivelano in maniera estremamente precoce. Si narra nella dottissima biografia di Abert che Mozart compose il suo primo minuetto a quattro anni, quando ancora non arrivava al clavicembalo. Similmente, sbiadite immagini in bianco e nero mostrano Diego Armando Maradona a otto anni palleggiare con una sicurezza che risulterebbe sconcertante anche in un adulto.

Allo stesso modo, probabilmente, già da bambino e quindi ben prima di diventare un dipendente comunale, Pilade Del Tacca era in grado di risultare fastidioso e rompicoglioni oltre i limiti del tollerabile; e simili prestazioni non sono raggiungibili senza una predisposizione naturale. Ovviamente, il buon Pilade irritava e si divertiva ad irritare il genere umano senza che peraltro questo influisse sul suo umore, che restava sempre sereno, limpido e imperturbabile. L'umore di chi non ha pensieri, né ne ha mai avuti; l'umore di chi guarda alla vita come a un placido fiume che scorre tranquillo, portando con sé colazioni, pranzi, cene e pomeriggi al bar. L'umore, insomma, di chi non ha mai fatto un cazzo in tutta la sua vita, e se ne vanta pure.

Verso quest'uomo, adesso, Massimo provava sentimenti contrastanti; perché gli aveva risolto un problema, e contemporaneamente gliene aveva creato un altro. In fondo, anche se approvata da Massimo, l'idea del biliardo era stata sua.

Il fondo che costituiva il bar di Massimo era molto grande. Massimo l'aveva acquistato anni prima, quando grazie ad un colpo di retrotreno unico nella sua vita aveva fatto tredici al totocalcio e aveva deciso, poco dopo essersi laureato, che la matematica non era il suo mestiere e che avrebbe aperto un bar. O meglio che avrebbe fatto, come continuava a definirsi e a pensarsi, il barrista.

Una parte di questo fondo, una larga stanza buia senza finestre e con una sola apertura verso l'esterno, era rimasta pressoché inutilizzata; Massimo la usava come magazzino di merci non deperibili, i primi tempi, anche perché tra comprare il fondo e arredarlo un bel po' di soldi gli erano andati via. Per questo aveva deciso che l'avrebbe arredata solo quando il bar fosse stato avviato.

Ma, dopo un po', il bar si era avviato. Eccome, se si era avviato. Passato il momento iniziale, in cui la forza trainante per il popolo di Pineta era la novità, il BarLume era diventato a pieno titolo «il bar di Massimo».

In un primo momento, Massimo era diventato la principale attrazione del bar per la sua poco spiccata propensione ad accordare ai clienti il diritto di scegliere. Poiché o evidentemente a un certo numero di persone questo tipo di trattamento piaceva, oppure perché faceva molto fico portare gli amici in quel posto «dove c'è il barista che ti manda in culo», il BarLume era sempre discretamente frequentato.

Dopo che Massimo aveva contribuito in maniera che sarebbe riduttivo dire decisiva a individuare il colpevole del delitto della pineta, il locale per un certo periodo era letteralmente decollato. Poi l'estate era finita, la gente si era dimenticata, e Massimo aveva dovuto smettere di atteggiarsi a Topolino e si era rimesso anima e corpo a fare il barista. Cioè, il barrista.

Primo problema da affrontare, come arredare la stanza in fondo. Massimo, nonostante l'enorme bagaglio culturale di tipo sia scientifico che umanistico di cui disponeva, non possedeva nessun tipo di sensibilità estetica ed era sinceramente convinto che chiunque riponesse un minimo interesse verso il design e l'architettura fosse mezzo scemo. Ad ogni modo, riconosceva che questo era un suo handicap, e quindi aveva deciso di chiamare un arredatore.

L'Arredatore Numero Uno era stato un ragazzo sui venticinque anni, alto e diritto come una pertica, che proveniva da Riccione e millantava con tono petulante ma fastidioso conoscenze dirette con personaggi del mondo della moda e dello spettacolo che Massimo non conosceva, o che non teneva a conoscere. Di fronte alla neonata commissione esaminatrice (Massimo unico membro ufficiale, Tiziana cultore della materia in quanto femmina, e i quattro pluriagenari perché prova un po' a mandarli via) l'arredatore era stato recato nella stanza ed invitato ad esprimere un giudizio.

L'Esperto si era guardato intorno con aria lievemente infastidita.

– Qua?

– Qua.

– Ah –. Sospiro. – È un po' limitato, come spazio, per dire. Ma non c'è problema, vediamo di sfruttarlo al meglio. Dunque, cosa pensavi di fare? Quale sarebbe l'output di questa stanza?

– Come?

– Cosa intendi farci? Pista da ballo, per dire, saletta degustazione vini, stanza da esposizione per farci dei vernissage...

– No no – era intervenuto Ampelio – noi si penzava piucchealtro a un circo. Sa, quelli coll'elefanti. Il problema è che 'un si sa dove mette' i trapezisti.

– Nonno chetati, per favore. No, io pensavo a una stanza semplice dove bere qualcosa, con l'impianto stereo, l'home theater per le partite...

Il tizio si era illuminato e aveva interrotto Massimo di soprassalto.

– Allora, non dirmelo nemmeno. Il Fabio ha capito tutto. Guarda, si fa così: un bel divanone rotondo in mezzo alla stanza, eh? Un bel turbantone per sedercisi sopra, ne ho uno favoloso che è una ciambella vuota, in mezzo sopra la spalliera c'è un tavolino tondo per appoggiare il bicchiere. Tutto torno torno alle pareti, una mensola alta così – disse indicando con la mano una distanza di circa un metro e mezzo dal pavimento. – Una decina di sgabelli qua e là, l'illuminazione giusta e da una stanzuccia viene fuori un gioiellino. Che te ne pare?

Non saprei, sembrava essere l'opinione dello sguardo di Tiziana. Bel troiaio, dicevano in dolby surround le facce dei vecchi.

Adesso era Massimo a guardare il giovane con aria infastidita.

– Non mi sono spiegato. Ho detto che vorrei una stanza dove bere qualcosa, non un harem. Vorrei mettere le casse dello stereo, oppure un home theater con il televisore. Per guardare le partite, o cose così.

– Ho capito, ho capito. Qualcosa per guardare le partite tutti insieme, una birretta e poi una bella tombola stereo, eh? D'altronde siamo in provincia, dico bene?

Nella stanza calò il silenzio. Poi, con la grazia consueta, Pilade parlò.

– Ascorta, Fabio, me la togli una curiosità?

– Ma son qui apposta! Dica.

– Ma stupido come sei, come hai fatto a arriva' fin qui da Riccione senza sbaglia' strada?

L'Arredatore Numero Due apparve pochi giorni dopo, solare, inguainato in una maglietta emostatica con dei bottoni su un fianco e un ardito paio di pantaloni a vita bassa che lasciavano indifeso l'elastico delle mutande, su cui si leggeva «Dolce&Gabbana». Entrato nella stanza per primo, dietro invito di Massimo, si levò gli occhiali da sole e studiò l'ambiente con occhi attenti sotto sopracciglia depilate. Quindi si aprì in un largo sorriso.

– Bene, bene, bene. Che intenzioni avevi qui? Se posso darti del tu, vero? – disse l'Arredatore Numero Due con un tono da baiadera.

– Dunque, pensavo ad una stanza tranquilla dove bere qualcosa. Magari con l'impianto stereo e lo schermo grande per...

– Ma che magnifica idea! Ma certo, certo. Allora, innanzitutto ci vogliono un po' di luci.

– Luci? – disse Massimo.

– Eh certo mio caro... scusa, come ti chiami?

– Massimo – rispose il medesimo mentre notava che i vecchi stavano guardando l'arredatore e dandosi di gomito. Dall'altra parte della stanza il sorriso di Tiziana si stava tramutando in un faticoso tentativo di trattenere una risata.

– Che bel nome. Solido. Ti dicevo, caro Massimo, qui non c'è nemmeno una finestra. Allora, se vuoi vivere una stanza per prima cosa ci vuole la luce. Dobbiamo vestire questa stanza di luce. Ti pare?

– Certo – disse Massimo incominciando a sudare freddo mentre Gino e Ampelio si sventolavano con immaginari ventagli.

– Allora, partiamo. Ci vuole qualcosa di discreto, che faccia riposare gli occhi stanchi dal sole del giorno. Una cosa soffusa che abbracci la stanza e faccia risaltare gli ospiti come bassorilievi, a questo pensavo. Qui... – disse l'Arredatore voltandosi mentre Pilade e Aldo, che si trovavano alle sue spalle, si immobilizzavano trasformando i vezzosi bacini che si stavano mandando sulle punte delle dita in malcerti gesti di indicazione – ... qui metterei dei faretti a grappolo.

– Eh... – grugnì Massimo mentre guardava malissimo l'infame coppia.

– Qui invece... – disse voltandosi a nord – una lampada a stelo sarebbe l'ideale. E per finire, un globo dal soffitto. Per il muro cosa faresti?

– Ci metterei chi so io – disse Massimo mentre osservava impotente Aldo e Pilade che, dopo essersi guardati languidamente, accennavano un improbabile tango sotto lo sguardo di Tiziana che ormai era viola dalle risate trattenute.

– Come, scusa? – chiese l'arredatore voltandosi, e vedendo Tiziana ormai prossima alla sincope. – Va tutto bene, stella?

«Stella» era troppo. Tiziana guardò l'arredatore ed esplose in una risata cavallina, intervallata da lunghi respiri forzati.

Il povero arredatore guardò Massimo. Poi guardò Aldo, che ricambiò lo sguardo e sollevò le braccia dicendo:

– Cosa vuole, qui siamo in provincia. Siamo di gusti semplici.

– Di gusti rozzi, vorrete dire –. Guardò Massimo da sotto in su. – Scusate per il tempo che vi ho fatto perdere. Non credo sia il caso di dirvi arrivederci.

E, svolazzando, uscì come era entrato. Subito dopo, uscirono i vecchi, a due a due, tenendosi a braccetto. Massimo li guardò con odio represso.

L'Arredatore Numero Tre durò dieci minuti esatti, cioè il tempo necessario per entrare, presentarsi, visionare la stanza e proporre pareti color lampone. Dopodiché, restati soli nella stanza, Massimo aveva guardato i muri con scoramento. Era superiore alle sue forze. Mentre continuava a girarsi intorno chiedendosi se era il caso di chiamare un altro arredatore oppure usare la stanza come deposito, Pilade si era messo a misurare le pareti a grandi passi. Grandi relativi, perché Pilade era alto un metro e sessanta per una larghezza quasi equivalente, e più che un uomo sembrava un pomodoro con le bretelle. Gli altri vecchi lo guardarono annuendo, e il Rimediotti disse:

– Sissì. Ci starebbe. Ci sta tutto.

– Cosa, ci starebbe? – chiese Massimo con tono distratto.

– Un biliardo, ci starebbe. Di quelli veri, per giocare all'italiana, no quei troiai colle buche dell'amerìani. Un bel biliardo come dico io.

Silenzio. E stupore. Cazzo, che idea. Meraviglioso. Me-ra-vi-glio-so. Un bell'oggetto, di stile. All'occorrenza, una tavola sopra e hai un piano d'appoggio.

Il resto della stanza vuoto, e la luce deve essere in un certo modo, da sopra. Niente più arredatori a sparare minchiate. E il biliardo lì, a mia disposizione. Quando il bar è vuoto, una partitina non me la leva nessuno.

– Bravo Pilade. Un biliardo. Grande idea.

Uno

– Torneremo in seguito ad occuparci di questo orribile delitto. Ma cambiamo argomento. Oggi per il contingente italiano di stanza a Kabul è un giorno importante. Per vedere perché, andiamo un attimo in Afghanistan.

– E ti ci manderei volentieri, a te, in Afghanistan – dice Ampelio rivolto al mezzobusto. – E vestito da donna, ti ci manderei.

Al BarLume, la televisione non resta accesa a riempire il vuoto se nessuno la considera: il grosso schermo piatto da quaranta pollici che solitamente funge da tramite tra la stupidità e il mondo viene acceso solo se trasmette qualcosa che valga la pena di essere guardato, e se questo programma riscontra l'approvazione contemporanea di Massimo e del Comitato degli Ottanta (inteso come età, non come numero dei componenti). Di conseguenza, la televisione al BarLume viene accesa abbastanza di rado.

Le sporadiche occasioni in cui questo accade cadono quasi sempre all'interno di due grandi categorie: lo sport e le elezioni. «Lo sport» qui significa esclusivamente il calcio e il ciclismo: tutte le altre possibilità vengono immancabilmente bollate dall'anziano quartetto di presbiti come «roba da finocchi», con l'eccezione del rugby. Tale gioco viene infatti catalogato come «roba da inglesi», il che da queste parti indica qualcosa a cui gli esseri umani non dovrebbero abbassarsi.

Anche il ciclismo, però, ha ultimamente perso gran parte dell'antico fascino; un po' per le continue storie di doping che coinvolgono campioni, gregari e schiappe, ma soprattutto perché non c'è più Pantani. C'è da considerare infatti che Ampelio, da quando è scomparso l'ultimo campione talmente grande da essere adeguato alla sua fantasia, si rifiuta di guardare classiche e grandi corse a tappe, e se il ciclismo lo guardi senza Ampelio va via metà del divertimento.

– Andiamo adesso a Torino, dove una spinosa questione di eredità divide ancora la famiglia Agnelli. Il servizio.

– Non si è ancora conclusa l'annosa vicenda dell'eredità Agnelli. All'inizio dell'estate, infatti, l'esecutore aveva convocato le due parti in conflitto, per capire quale delle due aveva diritto ad essere...

– «Avesse diritto», porca Eva – dice Aldo, sovrastando agevolmente l'audio del televisore con la sua bella voce baritonale. – Ci vorrà un congiuntivo, alle volte.

– See, 'r congiuntivo... – fa da sponda il Rimediotti. – 'Un va mìa più di moda, 'r congiuntivo. Fa sembra' vecchi. Ora se parli a cazzo di 'ane pari più giovane.

– Ho capito, ma questi sono giornalisti. Si presume che siano laureati. Almeno l'elementari dovrebbero averle fatte.

– Be' mi' tempi, l'elementari – si immette Ampelio. – Una vorta t'inzegnavano a legge' e a scrive'. Ora t'inzegnano 'r compìute' e l'ingrese. 'Un sai nemmeno l'italiano, e t'inzegnano l'ingrese. Ma fammi 'r piacere...

Per quanto riguarda le elezioni, invece, va bene tutto: amministrative, politiche o europee, ogni qualsiasi volta il Popolo venga chiamato a decidere da chi farsi derubare l'intero staff ufficioso del bar è lì, presente e collegato.

I pensionati infatti seguono le sorti della battaglia politica con passione di pari intensità, equamente suddivisi a rappresentare un partito a testa, come si conviene agli italiani che hanno cominciato a seguire la politica prima del cosiddetto bipolarismo.

Dalla parte destra ci sono il Rimediotti, diffidente e conservatore per natura, che ha sempre votato per il partito della fiamma anche quando ha cominciato a sconfessare Testa a Ginocchio e le sue brillanti idee, e Aldo, liberale e libero pensatore dalla nascita, che odia i totalitarismi, le imposizioni e la gente convinta di avere ragione a prescindere, e nonostante questo vota Berlusconi; sul lato sinistro ci sono il Del Tacca, che riesce a far convivere senza problemi il cattolico e il comunista all'interno del suo volume corporeo (che è circa il doppio di quello di un elettore normopeso), e Ampelio, che da vecchio socialista disilluso vota a sinistra bestemmiando per chi gli tocca votare ma poi tanto li vota lo stesso, e i discorsi li porta via il vento.

Quest'oggi, però, la questione è diversa.

– Nel corso dell'Angelus, oggi, sua santità il Papa ha ricordato che la scienza non deve valicare i limiti imposti dall'etica cristiana, e ha ricordato che non è possibile avere dubbi sul fatto che la vita umana inizi dal concepimento.

– Guà, stavo in penziero che 'un m'avessero ancora tirato fòri ir Papa – dice Ampelio appoggiandosi bene sul bastone. – E con che ghigna. 'Un è possibile ave' dubbi, dice lui. E se io ce n'ho, di dubbi?

– Ah be' – interviene Massimo – è semplice. Siccome il Papa è infallibile, significa che non esisti.

Tra due settimane, a Pineta, ci saranno le elezioni politiche straordinarie, per eleggere in Parlamento il sostituto di Francesco Fioramonti, senatore regolarmente eletto nelle liste del centrosinistra per il collegio di Pineta nell'ultima tornata e passato recentemente a miglior vita. In senso letterale: avendo infatti realizzato che la propria ditta di trasporti aveva accumulato un debito che era impensabile tentare di sanare, il detto Fioramonti si era involato verso Santo Domingo. Prima di involarsi, il soggetto aveva per fortuna fatto in tempo ad alleggerire la cassa dell'impresa dei liquidi rimanenti: pochi per far fronte ai debitori, è vero, ma più che abbastanza per garantirsi una tranquilla vecchiaia all'ombra delle palme.

Da qui, la necessità di eleggere un nuovo senatore; ed insieme, il problema di quale schieramento scegliere. Da queste parti, infatti, fino a qualche anno fa il candidato della sinistra moderata ha sempre vinto con percentuali bulgare, qualunque fosse il ruolo da ricoprire. Ma, da un po' di tempo, le cose stanno cambiando. Non che i pinetani siano diventati conservatori in massa, attenzione: semplicemente, in generale, della politica ai pinetani non gliene frega più nulla. È opinione comune ormai che chiunque venga mandato sugli scranni di Roma sia tendenzialmente un farabutto, e che se non lo è al momento dell'elezione farà in tempo a diventarlo non appena si sarà reso conto di quanto siano vellutati e confortevoli quei sedili, e di come sia fastidioso e scomodo il mondo reale.

Per questo, nella presente tornata, la campagna elettorale gioca sulla questione morale più che sull'appartenenza politica. La colossale figura di merda rimediata dal Partito del Fioramonti è infatti troppo recente per poter essere ignorata dagli elettori, che sono effettivamente in grado di dimenticarsi qualsiasi porcata, a patto però che si dia loro abbastanza tempo. Considerati quindi gli effetti dell'affaire Fioramonti, e per tentare di arginarne (da sinistra) o di sfruttarne (dalle altre parti) le conseguenze, tutti gli schieramenti che contano hanno presentato alle elezioni candidati di chiara fama e di nota quanto riscontrabile onestà.

Il centrosinistra si è affidato a Stefano Carpanesi, orgoglioso rampollo delle scuole del partito che ha visto mano a mano edulcorato il colore delle proprie idee politiche con il progredire degli anni e il costante sbiadirsi del sol dell'avvenire. A detta degli amici, un idealista: una persona che conservava intatti i sogni della giovinezza, nonostante la realtà tramasse contro. A detta dei nemici, un coglione: talmente coglione da non essere in grado di guadagnarsi da vivere con un lavoro onesto, e obbligato quindi a darsi alla politica. Comunque, il Carpanesi era senza precedenti penali e non era mai stato né indagato, né querelato: onesto, quindi, non solo perché non aveva mai commesso nulla di disonesto, ma anche perché nemmeno mai sfiorato dall'ombra del sospetto.

Il centrodestra ha invece scommesso su Pietro Di Chiara, noto e stimato pediatra universitario che si era fatto la fama di incorruttibile anni prima, quando aveva mandato all'aria un concorso per professore associato un po' più scandaloso del solito, denunciando con precisione e con prove alla mano il misfatto anche se era chiaro che, direttamente, il Di Chiara dalla denuncia non avrebbe guadagnato nulla, se non un po' di sollievo alla sua anima macerata dal livore. La patente di onesto, quindi, gli era stata attribuita in quanto fustigatore di disonesti: metodo curioso e non sempre infallibile, ma che nel nostro paese solitamente funziona bene.

Il centro cosiddetto cristiano, invece, ha puntato sul notaio Stefano Aloisi: sbiadita figura d'altri tempi, loden d'inverno e camicia a righine d'estate, competente e taciturna all'inverosimile e (a detta di tutti) incorruttibile, irreprensibile ed estranea al compromesso. Una figura, appunto, d'altri tempi.

Per questo, oggi l'intero personale del bar è in attesa del servizio da Pineta, che presenterà alla nazione i candidati forti. Come è d'uso ormai nei telegiornali nazionali, la politica non apre il notiziario; prima c'è la guerra, poi la cronaca rosanero, e infine il Papa. La politica, dopo. Questa scaletta viene ovviamente commentata dal senato, in termini che purtroppo non possono essere riportati per intero: pare sia vilipendio. Ma, dopo questa striscia, compare finalmente l'orologio laser dell'Imperiale, simbolo ormai da anni del litorale: e, contemporaneamente, la voce del giornalista inizia il servizio.

– Ad una settimana dall'apertura dei seggi elettorali, la situazione del collegio 86, rimasto orfano del proprio senatore in seguito alla vicenda Fioramonti, è quanto mai in bilico. Secondo gli ultimi sondaggi, infatti, il candidato del centrosinistra Stefano Carpanesi è, al momento, ancora in netto vantaggio.

Sul teleschermo scorrono le immagini di Carpanesi che, in mezzo a un uomo e a una ragazza a cui è abbracciato, discute con loro passeggiando fra le macerie di un paesino diroccato, immerso nel fango: un tipo sulla quarantina, un po' stempiato, con baffetti sale e pepe ed occhiali enormi, quadrati, fuori moda da parecchi lustri.

– Ma, stando agli ultimi sondaggi, le quotazioni di Pietro Di Chiara, candidato del centrodestra, stanno crescendo a vista d'occhio, complici anche le recenti dichiarazioni della professoressa Angelica Carrus, moglie di Carpanesi e collega del professor Di Chiara.

La scena adesso si sposta, inquadrando un lungo tavolo a cui sono seduti, dietro ai rispettivi microfoni, Pietro Di Chiara – un omone dall'aspetto gioviale, quasi completamente pelato, il cui passatempo principale è probabilmente la sperimentazione di un nuovo ed efficacissimo concime per sopracciglia – ed Angelica Carrus, primario di Neurologia nella stessa struttura di Di Chiara: una donna piccolina, dal profilo compatto, occhi nerissimi, denti bianchissimi ed espressione rapace.

– La dottoressa Carrus aveva recentemente dichiarato, con riferimento evidente al valore professionale di Di Chiara, che era nell'interesse del litorale mantenere un eccellente pediatra invece di acquistare un mediocre senatore. Tuttavia, tale apprezzamento potrebbe aver avuto un effetto indirettamente positivo sul gradimento di Di Chiara, che adesso nei sondaggi recupera terreno nei confronti dell'avversario principale. Il terzo candidato, il notaio Stefano Aloisi, non sembra infatti poter ambire al successo, dato che gli ultimi sondaggi gli attribuiscono meno del 10% delle preferenze. Tra meno di una settimana sapremo quale dei due candidati sostituirà Fioramonti a Palazzo Madama. Nel frattempo, linea allo studio.

– Grazie al nostro inviato. E ora, la nostra rubrica di enogastronomia…

– Sì, sì – dice Aldo spengendo il televisore d'autorità – mi ci manca anche la rubrica di enogastronomia.

– Comunque, 'un c'è niente da fa' – dice Pilade, aprendo ufficialmente il dibattito – in quella famiglia ellì, cervello fa rima con gonnella.

– Davvero – echeggia il Rimediotti. – Il Carpanesi da solo 'un sarebbe bono nemmeno a trova' l'acqua in mare. Dice anche questa storia di presentallo all'elezioni l'ha voluta lei. Se 'un c'era lei a quest'ora era sempre in Comune a porta' le borse.

– Ma è davvero così scemo questo pover'uomo? – si permette Tiziana, mentre mette a posto il telecomando che altrimenti Aldo, uomo di molte qualità ma tendente alla distrazione, probabilmente si sarebbe messo in tasca per poi perderlo comodamente una volta arrivato a casa.

– Proprio scemo, non direi – risponde Aldo. – È un semplice. È uno di quelli che divide il mondo in buoni e cattivi. Quelli che stanno dalla sua parte sono buoni, sono nel giusto e dicono sempre la verità. Quegli altri sono cattivi, mentono anche quando russano e guardano solo ai propri interessi. Se fosse un sedicenne, sarebbe normale. Siccome ha cinquant'anni...

Mentre Aldo illustra pregi (si fa per dire) e difetti del Carpanesi, il Rimediotti si impossessa del telecomando con la sua manina adunca e accende di nuovo la tele per metterla sul notiziario regionale, del quale è attentissimo telespettatore da quando la figlia del suo macellaio è incaricata dei servizi di cronaca del litorale. E, infatti, il televisore si accende mostrando proprio l'immagine di Valeria Fedeli, capelli biondi addomesticati in una treccia frettolosa, felpa blu e microfono in mano, davanti a quella che fino a poco tempo prima probabilmente era un'automobile, e adesso è uno spaventoso frattale di vetro e metallo.

– Lei è la figliola der Fedeli – sottolinea il Rimediotti, dando risalto a quella che ritiene la parte essenziale del servizio («Qualcuno che conosco lavora in televisione»).

– Quella lì dietro invece è la curva der Procelli – risponde il Del Tacca, notando un aspetto più sostanziale («Qualcuno che conosco potrebbe essersi fatto male, visto che l'incidente è avvenuto a un chilometro da qui e non è ancora tempo di villeggiatura»). Intanto, sul teleschermo, la giornalista riassume i fatti per i telespettatori affamati di disgrazie:

– L'automobile procedeva in direzione sud, verso Livorno, quando apparentemente senza motivo la conducente ne ha perso il controllo, andando a collidere con uno dei numerosi platani che fiancheggiano il viale. Non sembra che l'urto sia stato particolarmente violento, ma purtroppo nessuno dei due occupanti – a quanto ci risulta, madre e figlio – si era allacciato la cintura di sicurezza. Marina Corucci è stata estratta dalle lamiere in stato di incoscienza, e le sue condizioni appaiono gravi ma non critiche. Per il giovane Giacomo Fabbricotti, purtroppo, non c'era più niente da fare.

– Marina Corucci? – chiede Ampelio. – Ma sarà quella della Pieve?

– Eh... chi dici, la sorella der frate? – chiede il Rimediotti.

– Sì, Marina, via. La vedova del Fabbricotti – insiste il Del Tacca, ottemperando a una delle innumerevoli leggi non scritte delle chiacchiere da bar: quella che stabilisce che, per far capire al proprio interlocutore che si è capito perfettamente di che persona si parla, è necessario che ognuno degli astanti fornisca una informazione inequivocabile a testa riguardo alla persona in questione. In questo modo, oltre a chiarire univocamente l'identità dello spettegolando, si conferma la conoscenza diretta del soggetto e ci si guadagna quindi il diritto ad iscriversi all'imminente tornata di gossip.

– Certo che è piccolo il mondo – dice il Rimediotti. – Si parlava ora ora del Carpanesi, e viene fòri la Marina Corucci.

– Perché – chiede Tiziana – cosa c'entra questa tipa col Carpanesi?

– Eh, sono amici da una vita – spiega Aldo. – Compagni di partito e di mille battaglie. Sempre in prima fila alle manifestazioni, sempre per mano nei girotondi. Ora lei, fra l'altro, è la sua addetta stampa.

– Addetta stampa?

– Eò – annuisce Ampelio. – Uno così citrullo i giornali ha bisogno di fasseli legge' da quarcuno. Tanto gli si paga noi tutt'e due.

– Io però questa tizia non l'ho presente. Non so nemmeno che faccia abbia.

– 'Un l'hai mai vista no, de'. Te l'immagini, Marina Corucci ar barre – ridacchia Ampelio. – Sarebbe come vede' Binladen a servi' messa.

– È quella... – parte il Rimediotti, ma viene zittito dal Del Tacca.

– L'hai presente prima il servizio alla televisione, dove facevano vedere il Carpanesi abbracciato a una mentre camminavano in quer posto fra le macerie?

– Quel posto sarebbe Vagli di Sotto – ritiene necessario far notare Aldo, che è d'altronde l'unico del gruppo ad essere sensibile all'Arte.

– Quer posto fra le macerie – continua il Del Tacca imperterrito. – Quella tizia lì è Marina la Corucci. Massimo, vai mica verso Pisa?

La domanda di Pilade è giustificata. Massimo, infatti, rendendosi conto che il resto del bar aveva cominciato a organizzare l'abituale network di chiacchiere del dopopranzo, aveva iniziato la manovra di aggiramento per evitare di rimanere impigliato dentro l'insulsa trama. Tanto, fino alle quattro di pomeriggio in questo periodo è ora morta. Quindi, preso il giacchetto e le chiavi della macchina, era uscito da dietro al bancone.

– No – risponde Massimo asciuttamente, evitando così il presunto favore che la domanda di Pilade sottintendeva. Qualcosa come «Già che vai verso Pisa, mi ci andresti mica a paga' la bolletta della Telecom, poi te li ridò?».

– E dove vai allora? – chiede Ampelio.

– In uno dei molteplici posti sulla faccia della Terra che non coincidono con Pisa.

– No, perché se tu passassi da San Piero potresti…

– Riformulo: vado dove cazzo mi pare. Avrò cura di evitare tutti i posti nei quali avreste bisogno di un favore, nonché le strade che li raggiungono. Per gli ordini, Tiziana vi darà tutto quello che chiedete, tranne il gelato a nonno. Buona giornata.

In macchina, diretto verso l'autostrada e finalmente solo con il suo cervello, Massimo incominciò a sfogarsi, come al solito, parlando da solo:

– Dove vai? Ma passi mica di qua? Torni presto? Roba da non credersi. Già ce li ho fra le palle ventisei ore al giorno. Ora rompono anche su dove vado. Tanto, è inutile nasconderselo. Ormai ci sono sposato, coi vecchietti. Alla televisione si guarda cosa dicono loro. Parlare, parlano solo loro. Se entra nel bar qualcuno che non gli va bene, te lo mandano via in due secondi. E di trombare non se ne parla. È un matrimonio in piena regola. Accidenti a me, al bar, al biliardo e al cane di mia madre.

In effetti, quando aveva messo su il bar, dopo il divorzio, Massimo aveva sperato in una evoluzione un po' differente. Si era immaginato giornate in tranquilla solitudine, sporadicamente interrotte da qualche rapido caffè, e serate gioiose, con il bar pieno di amici che prendevano l'aperitivo e chiacchieravano allegramente. E lui, Massimo, a organizzare e dirigere tutto con puntiglio e attenzione, prima di tornare a casa e di abbandonarsi ad un bel libro e al sonno del giusto, o magari a palpare qualche turista scandinava che lo aveva trovato particolarmente spiritoso e lo aveva atteso fino all'orario di chiusura, dopo un rapido e inequivocabile gioco di sguardi.

E invece.

Invece, dopo un lungo periodo di esaltazione, le cose erano cambiate. Gli amici si erano sposati, o erano rimasti sposati, avevano dei figli e al bar non si facevano più vedere. All'ora dell'aperitivo il bar era affollato principalmente da abbronzati nullafacenti a cui Massimo avrebbe rivolto la parola solo per leggere loro una condanna ai lavori forzati, e le poche finniche o danesi che entravano di solito si limitavano a ordinare una vodka e a ridacchiare in gruppo. E Massimo, che dopo il divorzio si era consolato dicendosi che adesso era libero di fare quel che voleva, tornava a casa ed era libero di andare a letto da solo, oppure di dormire sul divano. Lo stesso divano dove avrebbe passato il mercoledì, giorno di chiusura del bar, a giocare alla PlayStation. Insomma, Massimo stava cominciando a capire che essere soli tutto sommato è una fregatura, e che il deserto può essere la peggior prigione.

Massimo imboccò il vialone e, automaticamente, come spesso faceva, si mise a ripetere ad alta voce le scritte che vedeva passare lungo la strada:

– Ristorante Emilio. Pieve di San Piero. XII secolo. L'unica cosa qui intorno che ha un'età media più alta del mio bar. Circolo ACLI. Come non detto. Laura tvtb per sempre. Sì, sì. Poi me lo sai ridire. Gesù ti ama. Ah be'. Siamo messi bene. Dev'essere convinto che io sia masochista.

E poi, naturalmente, c'era il bar. Il BarLume. Il bar di Massimo. In teoria. Da quando aveva messo il biliardo, la sua involontaria collezione di vecchietti praticamente tornava a casa solo per mangiare e fare un sonnellino; l'unica eccezione era data da Aldo, il solo a lavorare ancora, che comunque ultimamente passava quasi più tempo al BarLume che non nel proprio ristorante. C'era di buono che, dato che i vecchi avevano occupato il biliardo in pianta stabile, adesso per lo meno il tavolo grande sotto l'olmo (l'unico a cui arrivava il segnale wi-fi) era sempre libero. Ciò non di meno, Massimo non riusciva a godersi quanto avrebbe voluto lo spettacolo delle ventenni in tanga che chattavano sotto l'olmo, a causa della presenza continua dei quattro tetraventenni in pantaloni ascellari nella stanza accanto. Meno male che c'era Tiziana.

Massimo arrivò alla rotonda del viale D'Annunzio e iniziò a girarci intorno, incerto sul da farsi.

– Ad ogni modo, qui c'è da cambiare qualcosa. Mi sto abbrutendo. Di questo passo un giorno arriverò al bar anch'io con i pantaloni ascellari e mi dirigerò direttamente al biliardo, lamentandomi della prostata. Ci vuole un cambiamento. Cosa, non lo so. Ma qualcosa ci vuole. Ti sei sfogato, Massimo? Sì, mi sembra di sì. Torniamo al bar, vai.

Due

Ci sono giornate che iniziano nel migliore dei modi.

Massimo aveva iniziato la propria giornata aprendo gli occhi al suono della sveglia, alle cinque e mezzo di mattina, mentre tutto il resto del proprio corpo reclamava ancora una mezz'oretta tra le braccia di Morfeo. Alzatosi non si sa come, si era diretto in cucina trovando il modo, lungo il tragitto, di cozzare con il mignolo indifeso del piede nudo contro lo spigolo di un mobile. Arrivato in cucina con un improvvisato balletto filosovietico (saltelli su un piede solo ritmati da bestemmie), aveva scoperto che il caffè era finito e che l'unica cosa commestibile che aveva in frigo era un pezzo di pecorino.

Infine, vestitosi alla bell'e meglio, era sceso in strada, dove aveva scoperto che l'automobile, parcheggiata al suo solito posto, avrebbe con la propria presenza impedito in modo sostanziale lo svolgimento della PisaMarathon prevista per quella mattina, il cui tragitto passava per via San Martino. Per questo, il Comune aveva trovato indispensabile rimuovergliela, affinché qualche corridore distratto non avesse a inciamparci, sostituendola con un adesivo nel quale gli si ricordava che poteva passare a riprenderla al deposito di via Caduti di Kindu (in culo al mondo, ovviamente, così cammini un po') previo pagamento di una simpatica multa.

Ci sono giornate che iniziano nel migliore dei modi.

Questa non era una di quelle.

Seduto al volante, Massimo si dirigeva verso il proprio amato bar tentando di farsi passare l'incazzatura biblica da cui era stato invaso nel corso della mattinata. La scintilla per detta incazzatura era stata, come sopra descritto, la scomparsa dell'auto; il combustibile era stato fornito dalla passeggiata di quattro chilometri in direzione aeroporto, durante la quale Massimo si era tenuto compagnia con una lunga sequela di improperi contro gli organizzatori di maratone, i maratoneti e chiunque corra senza essere inseguito. A soffiare sul fuoco, c'era il fatto che quella mattina sarebbe arrivato in ritardo al bar, e questo avrebbe avuto varie conseguenze.

In primo luogo, non avrebbe potuto aprire il bar e godersi quella mezz'oretta di locale vuoto e silenzioso che cominciava ad essergli necessaria per affrontare la giornata.

In secondo luogo, avrebbe trovato la «Gazzetta» già letta da qualcuno. Non più, dunque, liscia ed intonsa, con quella meravigliosa consistenza che ha la carta di giornale fresca di stampa, ma già aperta, sgualcita e stropicciata da tre o quattro paia di mani rugose, che poi l'avrebbero rimessa a posto a cazzo di cane; in particolare Aldo, che era in grado di prendere in mano un giornale nuovo di trinca e di posare sul tavolo, dopo qualche minuto, un tentativo di origami interrotto da un attacco epilettico. D'altronde, poverini, sono vecchi. Se non lo hanno imparato in settant'anni, cosa cavolo glielo spiegheresti a fare?

Parcheggiata l'auto lungo il viale, Massimo si era diretto verso il bar. E lì, inaspettatamente, aveva trovato una stanza priva di vecchietti, con la sola Tiziana in piedi dietro al bancone, chinata sul lavandino, il crocifisso appeso alla catenina che oscillava avanti e indietro come se tentasse di raggiungere il meraviglioso calvario che gli era toccato in sorte. E Massimo non poteva che approvare.

Perché Tiziana, quella mattina, si era messa una camicia corta, chiusa con un nodo appena sotto il seno; la stessa che aveva addosso un anno prima, quando era arrivato un turista solitario che aveva ordinato un caffè senza staccare gli occhi dal giornale. Porgendogli il caffè, Tiziana aveva chiesto «un po' di latte?» e quello, tirando su la testa, era rimasto fermo cinque secondi e poi aveva mormorato «Eh, magari...» con lo sguardo perso in tutte quelle puppe. Tiziana non si era messa quella camicia per un mese, e Massimo aveva odiato quel turista con intensità.

Ma, soprattutto, su un tavolino, c'era la «Gazzetta». Ancora intatta. Rosea, liscia e con la stessa piega con cui era uscita dal giornalaio.

Senza nemmeno salutare, Massimo sporse un braccio e prese il giornale con cautela per portarselo dietro al bancone; quindi, messolo da parte, si diresse verso la macchina del caffè.

– Buongiorno anche a te, eh – disse Tiziana con finta serietà.

– Adesso lo è, grazie – disse Massimo mentre metteva il filtro nella macchina. – Non è ancora evaso nessuno dall'ospizio?

– Come no – rispose Tiziana. – Sono di là al biliardo che confabulano.

Però. «Gazzetta» intatta, vecchietti nell'angolo e Tiziana in minigonna e camicia col nodo. La giornata prendeva tutta un'altra prospettiva. Massimo allungò una mano verso un cornetto, e mentre lo afferrava sentì Ampelio uscire dalla sala del biliardo, seguito dagli altri multiagenari e preceduto come al solito dalla propria voce che diceva:

– Vieni vieni, ora si fa vede' anche ar bimbo e poi se ne ragiona.

Eccoci. È finita la pace.

– Cosa devi far vedere al bimbo? – disse Massimo a bocca piena, mentre masticava.

Se è una macchia sul biliardo, stavolta lo torturo, chiunque sia. Gli strappo i denti d'oro e li rivendo per comprare il panno nuovo.

– Una cosa che c'è sur giornale.

– Ah. Questo mi conforta. E cosa ci sarebbe sul giornale?

Ampelio fece un cenno con la testa e il Rimediotti, lettore ufficiale, spiegò il «Tirreno» con cura verso il centro e distese la pagina, che era dedicata all'incidente stradale del giorno prima. Schiaritosi la voce con una bella scatarrata, cominciò:

– «Le speranze di Carpanesi. Di Giovanni Caroti. La voce è affranta, lo sguardo è carico di sincera commozione. Con la stessa commozione Stefano Carpanesi, candidato al Senato per i Democratici di Sinistra per le elezioni sostitutive in programma a fine maggio, accenna a Marina Corucci, sua compagna di partito e, soprattutto, sua amica storica, rimasta ieri gravemente ferita nel pauroso incidente stradale sulla statale Aurelia (alla famigerata "curva del Procelli") e nel quale ha perso la vita il figlio di lei, Giacomo Fabbricotti. "Ci siamo conosciuti nel 1996" dice Carpanesi "lo ricordo molto bene. Venimmo presentati da suo fratello, padre Adriano, che si era trasferito da poco nel convento di Santa Luce. E, subito dopo, abbiamo cominciato a fare politica insieme. Prima nella circoscrizione, in seguito..."».

– In seguito si sa – lo interruppe il Del Tacca. – Sono arrivati in Comune e hanno fatto più danni loro della grandine. Hai sentito?

– Eh. Ho sentito. E allora?

– E allora, il caro Carpanesi sostiene che lui ha conosciuto la Corucci ner novantasei.

– Eh. Ho sentito anche questo. E mi ripeto: e allora?

– Allora, è una bugia. Spiegaglielo un po', Ardo.

Aldo, le mani in tasca, si rivolse a Massimo annuendo.

– È una bugia sì. Te lo ricordi il servizio di ieri pomeriggio, dove facevano vedere il Carpanesi abbracciato a Marina Corucci?

– Sì, più o meno.

– Comunque te lo ricordi che ho riconosciuto il posto dove stavano?

– Sì. Vagli di Sotto. Un nome che è tutto un programma.

– Esattamente. Allora, lo sai per cosa è famosa Vagli di Sotto?

No. E non me ne frega nulla.

– Vagli di Sotto – proseguì Aldo con tono dotto – è un paese della Garfagnana, nella valle del fiume Edron, un affluente del Serchio. Vicino, c'è un lago artificiale. In fondo al lago, c'è un paese sommerso, che è chiamato il borgo antico. Questo borgo sta in fondo al lago, e riemerge solo una volta ogni dieci anni, quando il lago artificiale viene svuotato. E solo quando il bacino viene svuotato è possibile visitare il borgo antico. Va bene?

Direi di sì. Sennò, annegheresti.

– Allora – continuò Aldo – negli ultimi anni la gestione del lago è cambiata, e il lago è stato svuotato per l'ultima volta nel 1994. Nel 2004 il bacino non è stato liberato, e nemmeno negli anni successivi. Chiaro, adesso?

– No.

Aldo sospirò.

– Nel video, il Carpanesi e la Corucci camminano tra i sentieri del paese sommerso. Ma siccome sono entrambi senza scafandro, allora vuol dire che l'ultima volta che hanno avuto la possibilità di fare quella passeggiata deve essere stato nel 1994. Adesso, se nel 1994 andavano in giro abbracciati, perché il Carpanesi convoca il giornale e sbandiera bene bene che lui la Corucci l'ha conosciuta nel novantasei?

– Perché si è sbagliato?

I vecchietti guardarono Massimo con un'espressione che significava beato te che ti fidi ancora della gente, si vede che sei giovane. Massimo finì il cornetto, fece partire il caffè e mentre sorvegliava il liquido che riempiva la tazzina disse:

– Comunque, non vedo il punto. Credete che sia importante?

– È 'mportante sì – disse Ampelio. – Questa donna fa un incidente colla macchina, e 'r giorno dopo lui fa finta d'avella conosciuta ierilartro. C'è ma quarcosa di losco, te lo dìo io!

Tiziana guardò Massimo con un mezzo sorriso. Massimo, invece, fermò l'erogazione e si voltò verso i vecchietti. Li guardò e disse con serietà:

– Ah be', allora cambia tutto. Se la vedete così, andate in commissariato e chiedete di rilasciare una deposizione spontanea.

– Massimo, ma forse sarà il caso che... – tentò di intervenire Tiziana.

– È bene quello che si vor fare – rispose Ampelio. – Tanto, se s'aspetta che chi di dovere se n'accorga da solo, si sta lustri. È Pilade che 'un vole.

– 'Un è che 'un voglio – disse Pilade sgarbatamente. – È che mi sembra un'esagerazione. Di' le bugie 'un è reato. Se sei un polìtio, poi...

– O Pilade, ma 'un si fa mica per passare il tempo –

disse Gino. – Se è successo quarcosa di storto, è nostro dovere, cosa credi?

– Ma se invece... – tentò ancora Tiziana, con meno convinzione.

– Sono d'accordo – disse Massimo. – Se ne siete convinti, è vostro dovere. Assolutamente. Prima ci andate, e meglio è.

Detto, fatto. Allineato il Del Tacca ai rigidi canoni del dovere civile, Ampelio e soci uscirono l'uno dietro l'altro dal bar. Massimo li seguì con lo sguardo mentre si incamminavano verso il commissariato, parlando e gesticolando fra di loro. Dette un sorso soddisfatto al caffè, prese la «Gazzetta» da sotto al bancone e si diresse verso un tavolino. Mentre si sedeva incontrò lo sguardo severo di Tiziana.

– Sei una merda.

– No. Sono uno stratega. È diverso.

Erano passate circa due ore, e Massimo si trovava al biliardo impegnato nella finale del campionato mondiale cinque birilli Viviani-Nocerino (interpretati entrambi da Massimo stesso per comodità) quando venne interrotto da Tiziana che entrò nella stanza facendogli segno che lo volevano al telefono.

– È per te. Dal commissariato.

Oh Cristo. Massimo si avviò verso il telefono con la stecca in mano.

– Signor Viviani?

– Al momento sì – disse Massimo posando la stecca con delicatezza, anche se in realtà era il turno di Nocerino.

– Attenda in linea, per favore.

– Buongiorno, signor Viviani – disse dopo un attimo la voce inconfondibile del dottor commissario Vinicio Fusco. – Senta, ho appena parlato con suo nonno.

– Lo so.

– Ecco, appunto. Suo nonno e gli altri suoi degni compari sono venuti qui a rendere dichiarazione spontanea riguardo all'incidente di ieri sera in località San Giuda. In pratica mi hanno detto che il signor Stefano Carpanesi avrebbe mentito riguardo alla data nella quale avrebbe stretto amicizia con la signora Corucci, che ieri ha perso il figlio nell'incidente stesso, e che al momento è ricoverata con prognosi riservata.

– Sì, lasci che...

– Sulla base di queste supposizioni, incentrate soprattutto su un fantomatico paese sott'acqua che riemergerebbe ogni dieci anni, suo nonno e gli altri hanno asserito che il Carpanesi potrebbe avere responsabilità diretta nell'incidente. In più, sempre secondo loro, questo potrebbe non essere affatto un incidente, ma una messinscena per mascherare un tentato omicidio tramite manomissione dell'automobile della signora. Mi hanno addirittura consigliato di far piantonare la signora Corucci in ospedale, dato che secondo loro il Carpanesi potrebbe non demordere.

Oh cazzo.

Silenzio. Non sentendo nulla, Fusco proseguì:

– Inoltre, mi hanno detto che lei si è dichiarato d'accordo con le loro conclusioni, e che li avrebbe addirittura incoraggiati a venire in commissariato, dicendo che era un loro dovere civile.

– No, aspetti. Questo non è del tutto esatto. Io...

– Signor Viviani, suo nonno ha ottant'anni e non ha un cavolo da fare dalla mattina alla sera. Da lei mi aspetterei un altro comportamento. Si rende conto che questa è diffamazione?

Se non hai niente da dire, taci.

Mentre Massimo si atteneva alla propria regola aurea, anche Fusco tacque un attimo, poi continuò:

– Per questa volta ho registrato una loro dichiarazione spontanea, limitata al fatto che Carpanesi avrebbe conosciuto la signora Corucci prima del novantasei, e mi sono limitato a dire loro che a mio parere la cosa non aveva significato. La prossima volta che succede una cosa del genere trattengo in commissariato suo nonno e lo arresto per vagabondaggio.

– Davvero lo farebbe?

Si sentì un attimo di silenzio, dovuto al fatto che probabilmente Fusco aveva smesso di respirare. Dopo qualche faticoso secondo, Fusco proseguì:

– Signor Viviani, lasci che le chiarisca una cosa. Io sono qui che sto tentando di lavorare. Nell'ultima settimana abbiamo avuto l'incendio di un locale notturno, tre scippi di cui uno con ferito grave e quattro furti d'auto. Tutto questo lo devo gestire con un personale di due effettivi e un'automobile che sta lì per figura, perché con i soldi che abbiamo non possiamo nemmeno metterci la benzina. L'ultima cosa di cui ho bisogno è di ritrovarmi fra i coglioni un branco di pensionati morbosi.

Come ti capisco.

Passato un attimo, Fusco continuò con tono lievemente meno aspro:

– Almeno lei, per favore, si comporti da persona sensata. Appena torna suo nonno, gli spieghi che non si può avere un omicidio tutti gli anni per fargli passare il tempo. E non ci si metta anche lei a soffiare sul fuoco, per cortesia. Ci siamo chiariti?

– Certo. Non si preoccupi.

– Ma te guarda in che paese der cazzo dovevo diventa' vecchio... – fu l'esordio di Ampelio non appena i quattro dell'Amaro Averna rientrarono nel bar.

Massimo, come al solito, scelse la via della diplomazia.

– Nonno, mi ha appena telefonato Fusco. Sei diventato cretino?

– Io? Lui, è cretino! E 'un c'è diventato, è sempre stato citrullo come un muggine! Noi si va lì a dinni che c'è del losco, e lui ci dice che non ha importanza. Com'ha detto?

– «A mio parere, questa circostanza non evidenzia alcuna ipotesi di reato» – rispose Aldo. – Molto chiaro, direi.

– È questo ir guaio dell'Italia – fece eco il Rimediotti. – Te fai ir tu' dovere, e 'nvece di ringraziatti mancapòo t'arrestano, come se ir delinquente tu fossi te. È sempre così, lo Stato quando ce n'hai bisogno 'un c'è mai.

Eccola lì. Lo Stato che non fa il suo dovere. Lo Stato che manca all'appello.

In una parola: ma lo Stato, dov'è?

Si domanda così l'italiano medio, con un misto di amarezza e finta incredulità, quando qualcosa non va per il verso giusto. Sì, l'italiano medio: quello che ha evaso le tasse per decenni, ha benignamente sorriso all'idraulico come a dire «siamo uomini di mondo» quando quest'ultimo gli chiedeva «vòle la ricevuta fiscale?» e ha avuto un trapianto di rene in ospedale senza scucire un soldo (operazione per la quale, in una clinica privata, la cifra richiesta lo avrebbe costretto a venderlo, il rene, o a noleggiare altre parti del corpo, altro che trapianto). Anni e anni di duro lavoro alle Poste, migliaia di lettere perse e di pacchi smarriti, insomma una vita al servizio dello Stato, e quando lo Stato si ricorda di te è solo per insultarti con una misera scheggia dell'enorme fatturato che Tu hai contribuito a ingrandire, col sudore della tua fronte e con l'appiattimento del tuo posteriore.

A Massimo questi discorsi provocavano un immediato giramento di palle ad alta frequenza, specialmente se fatti dal Rimediotti che era una sorta di enciclopedia vivente del proverbio. Per questo, al luogo comune, reagì con un sillogismo:

– Il dramma dell'Italia non è questo. L'autentico dramma è che non si fanno bambini. Siamo un paese vecchio. E, di conseguenza, ci sono troppi vecchi a giro. Se quelli con più di settant'anni stessero a casa loro e non rompessero le palle alla gente che lavora, il paese risorgerebbe.

– Eccolo. È arrivato Savonarola – intervenne Ampelio. – Ascorta, palle, se te ora sei libero di di' cosa cazzo ti pare, invece d'anda' a giro cor passo dell'oca, lo devi a me e a quelli più vecchi di me! Se 'un c'erano i vecchi ora questo paese era messo peggio der Burundi!

– Stai buono, Ampelio – rispose Aldo con tono pacifico – che se si faceva fare a quelli come te ora eravamo messi come la Corea del Nord. E comunque, se quello che ti preoccupa sono i bambini, qui perlomeno siamo sulla strada giusta.

– In che senso? – chiese Massimo.

– Che il matrimonio è il primo mattone per la costruzione della famiglia, e da che mondo è mondo quando una donna si sposa prima o poi a fare un bimbo ci pensa.

– Aldo – chiese Massimo seriamente – ti è arrivata una palla da biliardo in testa?

– O Tiziana, ma al tuo datore di lavoro non gli hai detto nulla?

Massimo guardò Tiziana, che arrossì.

Ci sono giornate che iniziano male. Questa continuava peggio.

Erano passate circa due ore. Nella sala sul retro, i vecchietti avevano ripreso possesso del biliardo e passavano un tranquillo pomeriggio tra rinterzi, colpi ad effetto riusciti alla perfezione e colpi della strega evitati per miracolo. Dietro al bancone, Massimo stava ordinando tazzine con precisione compulsiva, rigido e inappuntabile nella sua miglior posa da Perfetto Barista (con una erre sola).

Al di là del bancone, Tiziana stava concludendo una larga manovra di avvicinamento a Massimo, cominciata lucidando i tavolini fuori e andata avanti spolverando il resto del bar. Trovatasi di fronte a Massimo, gli sorrise e gli chiese:

– Buana sembre ingazzado?

– Sì.

– Massimo, ascolta. Io te lo stavo per dire. È che lo sapevo che ti saresti arrabbiato.

Ma nemmeno per idea. Uno è padrone di sposarsi quando vuole, fare quanti figli vuole e quant'altro. Siamo in un paese libero. Però, porca puttana, il bar è mio, mica dei vecchietti. Almeno, credo. Sto cominciando ad avere qualche dubbio anch'io. Ad ogni modo, mi sembrerebbe di dover essere il primo a sapere certe cose.

Visto che Massimo taceva, Tiziana tornò alla carica:

– Io però te lo avevo detto che volevo due settimane di permesso a settembre.

– Va bene. Resta il fatto che non c'è corrispondenza biunivoca tra il fatto che uno mi chieda due settimane di permesso e il fatto che la stessa persona voglia sposarsi. Magari uno potrebbe andare in vacanza.

– Dai, Massimo. Lo avresti dovuto capire. Uno non chiede due settimane per una vacanza. Due settimane si chiedono per il matrimonio.

Lo avrei dovuto capire. E come ti sbagli? Con le femmine è sempre così. Ti danno un microindizio e poi sei te che devi ricostruire tutto.

– Primo, non confondiamo le usanze con la legge. Uno è libero di chiedere due settimane di ferie e poi starsene quattordici giorni rinchiuso in casa a fare il castello di carte più alto del mondo. Secondo, lo sai benissimo perché sono incazzato, ma visto che non sembri ricordartelo facciamo un ripassino.

– Massimo, dai...

– Mi hai sempre detto che quando ti saresti sposata avresti smesso di lavorare al bar perché volevi un lavoro con degli orari più regolari e in fase con quelli della gente comune, che pranza all'una, cena alle otto e va a letto prima delle due e mezzo. Giusto?

– Sì. Ma non è...

– Hai cambiato idea su questo aspetto?

– No. Però...

– Allora, mi sembra chiaro che il fatto che tu ti sposi, che per tutte le tue amiche significa «Marchino e Tiziana sposi, che bello che bello che bello» e per i tuoi genitori significa «Tiziana va fuori di casa, mi sembra ieri che la portavo all'asilo e oggi si sposa, boia come passa il tempo», per Massimo significa «L'unica banconista decente che sono riuscito a trovare in dieci anni fra tre mesi se ne va, e mi toccherà sostituirla con un ragazzino bradicefalo a cui ci vorranno tre settimane solo per insegnargli a non scaccolarsi sul lavoro». Dimmi te se non dovrei essere incavolato. Mica per altro, da quanto è che lo hai deciso?

– Un mese.

– E i cari nonnetti da quanto lo sanno?

– Tre settimane.

– Allora, adesso è chiaro perché sono incavolato?
– Zì buana. Berghè buana drobbo bermaloso. Tiziana ora andare casa e tornare alle sette. Se qualcuno di là sporcare di nuovo biliardo, buana prende il culo e se lo pulisce da solo.

Tre

Consideriamo una persona che comunica un messaggio a sei persone distinte. Se ognuno dei destinatari lo comunica a sua volta ad altre sei, e questo passaggio elementare viene iterato per cinque volte, il numero di persone a conoscenza del messaggio diviene, per l'appunto, sei alla quinta. O, esplicitamente, settemilasettecentosettantasei.

Se il passaggio elementare (un tizio telefona ad altre sei persone) necessita di un'ora per essere portato a compimento, il numero di persone di cui sopra verrà a conoscenza del messaggio nel giro, al massimo, di cinque ore. Più o meno un pomeriggio.

Questa breve digressione, apparentemente inutile, serve per spiegare per quale motivo, la mattina dopo, tutto il paese fosse a conoscenza del fatto che il Carpanesi aveva tentato di uccidere Marina Corucci.

Oltre a trasmettere il messaggio a tutte le sei-settemila paia di orecchie del paese, il passaggio di notizie di dentiera in dentiera ne aveva gradatamente deformato il contenuto, esattamente come accade quando si gioca al telefono senza fili. Ma, in questo caso, lo stravolgimento del significato del messaggio era avvenuto non per errata comprensione del messaggio originario («Il Carpanesi ha detto che ha conosciuto la Corucci nel novantasei, e invece la conosceva già nel novantaquattro. Qui sotto c'è der sudicio») ma per aggiunta, al messaggio, di una propria deduzione logica da parte dell'ascoltatore intermedio («Ascolta, se il Carpanesi ha detto una cosa del genere proprio ieri, che c'è stato l'incidente, vor di' che deve tene' quarcosa nascosto fra lui e quell'altra»).

Tale deduzione, messa in calce al messaggio, viene usualmente trasformata dall'interlocutore successivo in vox populi («Lo sai? Dice che il Carpanesi e la Corucci andavano a letto assieme!») e, conseguentemente, in verità accertata sulla base del Primo Assioma del Pettegolezzo, che recita «se lo sanno tutti quelli che conosco, allora è vero».

Fu dunque con sollievo che Massimo, quella mattina, accolse il notaio Aloisi, il quale entrò nel bar alle undici e mezzo in punto, come d'abitudine. Come sempre, si avvicinò al bancone e ordinò un caffè, mentre dava la solita occhiata meccanica al «Corriere». (In dieci anni, Massimo non aveva mai visto il notaio Aloisi avvicinarsi alla «Gazzetta»). Nessuna parola in più del necessario.

Per tutta la mattina, invece, Massimo aveva visto entrare l'una dopo l'altra persone che, subito dopo aver ordinato o ancora prima di ordinare, si erano guardate intorno con aria consapevole e avevano esordito rivolgendosi al locale tutto con un allusivo:

– Allora, l'ha pestata piccina stavolta il Carpanesi...

E subito partiva un concerto per vecchietti e cliente occasionale, nei movimenti del quale il povero Carpanesi veniva accusato, sbugiardato e condannato, con (talvolta) dei timidi tentativi di difesa del povero C. da parte del cliente solista, che venivano sovrastati dalla poderosa polifonia dell'orchestra di vecchietti.

Il notaio, invece, non aveva aggiunto una sillaba alle tre necessarie per ordinare un caffè, e quindi fu il Del Tacca a tentare un approccio chiedendo:

– Allora, signor notaio, secondo lei cosa fa ora il povero Carpanesi?

Il notaio non aveva nemmeno alzato gli occhi dal giornale.

– A che proposito?

– Dio bono, ma 'un sa nulla?

Sempre con gli occhi posati sul giornale, il notaio aveva scosso la testa.

– Della faccenda del Carpanesi, 'un ne sa nulla? – si era inserito Ampelio. – O come, lei che è anche candidato? E 'un l'ha detto niente nessuno? O chi cià come segretaria, Totò Riina?

Il notaio alzò le spalle, tentando di far capire al senato che non riponeva un grosso interesse nella faccenda.

– Inzomma – partì il Rimediotti – pare che il Carpanesi e la Marina der Corucci fossero amanti, via.

– Mamma mia come siete ciaccioni – intervenne Tiziana. – Ma non lo vedete che al signor notaio non gliene importa nulla?

– E fa male – rispose Aldo. – Qui si parla di un possibile reato commesso da un suo avversario politico. Se il signor notaio prendesse sul serio la propria candidatura, dovrebbe interessarsi di quello che fanno i suoi avversari.

– Al contrario, caro mio, al contrario – rispose il notaio piegando il giornale, sempre senza alzare gli occhi. – Questo è quello che farebbero i cosiddetti politici di oggigiorno. Quelli che fanno la politica parlando male degli altri candidati. Io mi occupo della mia candidatura e solo di questa. Ciò che fanno gli altri non mi riguarda.

– Tò, ma qui si parla d'un reato! – intervenne Ampelio.

– Reato, reato... sono parole grosse. Se c'è un reato, ci penserà la magistratura – disse il notaio mentre andava verso la cassa.

– Bellini, la magistratura! Qui 'un c'è mica prove di nulla. Se s'aspettava loro lo sa quanti manigordi erano ancora liberi?

– Meglio un colpevole libero che un innocente in prigione, caro mio – ricordò il notaio mentre pagava. – È la base del nostro diritto. Buona giornata a tutti.

E, tranquillo come era arrivato, se ne uscì.

– Ma te guarda lì che òmo – commentò Ampelio. – Arriva, ascorta, sentenzia e se ne va. Sembra che di ver che succede 'un gliene importi nulla.

– Magari è così – disse Massimo.

– Comunque, io non capisco una cosa – disse Tiziana. – Diamo per scontato che il Carpanesi e la Corucci fossero amanti per davvero. Me lo spiegate perché il Carpanesi avrebbe dovuto tentare d'ammazzare la sua amante?

Ci fu qualche secondo di denso silenzio.

– Te lo dìo io perché, Tiziana – ruppe il silenzio il Del Tacca. – Perché il Carpanesi è un vigliacco. A lui questa storia delle elezioni gliel'hanno cucita addosso, perché lui è uno che stava bene in Comune. È successa questa cosa del Fioramonti che è scappato colle mutande piene di soldi e lui s'è ritrovato lì. L'omo giusto ar punto giusto.

– Ha ragione Pilade – entrò Aldo. – Stupido come un favollo, magari, ma una brava persona. O meglio, uno noto come brava persona. In un momento come questo, in politica conta più l'onestà della competenza. Non è come ai vecchi tempi del pentapartito, dove ti facevano la cresta anche sulla cassa da morto, però, ruba te che rubo io, intanto era gente che la politica la sapeva fare. Te lo immagini se si venisse a sapere che tradisce la moglie? Non si voterebbe nemmeno da solo, pover'uomo.

– Sarà – disse Tiziana. – Però a questo punto mi dovete spiegare per quale motivo sarebbe dovuto venire fuori. Perché la Corucci avrebbe dovuto sputtanare lui e sputtanarsi da sola, visto che stanno nel medesimo partito e lei è la sua addetta stampa? Non mi sembra tanto logico.

Il silenzio calò. Effettivamente, Tiziana aveva ragione. Ma te guardalì le donne, anche quest'anno sembrava d'aver trovato un bell'omicidio per passare il tempo, e loro vengono fuori a rovinarti tutto.

– Mah, se ammazzi uno che sa quarcosa di te, di solito è perché ti ricatta... – tentò il Rimediotti poco convinto.

– Sèo, eccolo – commentò il Del Tacca. – Come se Bruno Vespa andasse a di' a Taison che lo picchia. Ma te l'hai presente quanti vaìni ci deve ave' la Marina der Corucci? È la vedova del Fabbricotti, 'un te lo scorda'. Ir su' marito ha costruito mezza Pineta. Te l'immagini quanti sordi n'ha lasciato?

– Mah, io 'un lo so – rispose Ampelio. – Io so solo che va a giro su una macchina vecchia più di me. Anzi, andava. Ora ni toccherà compralla nòva, quando si ripiglia.

– Ma quello è tipico dei ricchi – disse Aldo. – A lei delle macchine non gliene fregava mica nulla –. Aldo dette un sorso al suo caffè d'orzo, poi continuò con una puntina di livore: – Però a cena da me al Boccaccio ci veniva poco, non sono abbastanza radical chic per lei. Più che altro andava da quella zoccola rifatta del Sandroni.

Per capire come mai nella crema della parlata di Aldo si fosse insinuata l'acidità del turpiloquio, bisogna aprire una parentesi su Davide Sandroni e sul suo locale, «Il porco d(')istinto», che rifuggiva dal volgare appellativo di ristorante per identificarsi in un più alato «bistronomie del millennio che volge». Questo posto, un tempo bettola a conduzione familiare, era stato rilevato dal suddetto Sandroni e trasformato in un tempio della cosiddetta cucina molecolare. La mission di questa sofisticata taverna, infatti, non era sfamare o soddisfare, ma stupire e sorprendere il cliente dall'inizio alla fine.

In primo luogo, con i piatti che uscivano dai suoi laboratori (vietato chiamarle cucine, è di cattivo gusto): gelati all'azoto liquido come antipasto, primi decostruiti, secondi di consistenze sospette come la schiuma di pane su crostino di anatra e altre svenevolezze simili. Al termine della cena, il «tenebrarium»: il dolce viene servito al buio, in modo che il senso della vista venga annullato e che il solo Gusto domini sulle sensazioni dello stolido, ma facoltoso, cliente. Per finire, l'ultima sorpresa al cliente veniva dal conto: si raccontava di una coppia che, dopo aver festeggiato il proprio anniversario trangugiando spumine, si era vista recare un foglio con una cifra talmente assurda che i due tapini avevano richiamato il cameriere, facendogli presente che il tavolo da otto era quello nell'angolo opposto. Per uno come Aldo, che considerava il cibo come una cosa sacra ma pur sempre roba che si mangia, l'aura di misticismo che circondava «Il porco d(')istinto» era fonte di sincere sofferenze.

– Per cui – terminò il nostro in modo netto – i soldi la bimba ce li aveva, e come. Il Carpanesi non è povero, ma che la Corucci lo ricattasse mi sembra effettivamente un po' incredibile. A chi va una partitina?

– O giù, andiamo a fa' una partitina – disse Ampelio col tono del bimbo a cui hanno appena detto che il gelato è finito. – Io però 'un son tanto convinto. Ora se ne ragiona.

– Ora si gioca – troncò il Del Tacca – e dopo si ragiona. Ma seòndo me, stavorta ha ragione Fusco. Senza motivo, 'un si fa nulla. Massimo, me lo porti un Campari di là?

Massimo non rispose. Mentre i vecchietti parlavano, Massimo era rimasto imbambolato di fronte alla gelatiera, a fissare senza vederla la pala che voltava e rivoltava la crema di nocciola, in un inconsapevole tentativo di estraniazione dal luogo in cui si trovava, tramite meditazione trascendentale e identificazione del proprio Sé nel gelato in fase di lavorazione.

– O Massimo – ripeté il Del Tacca – m'hai sentito?

– Bimbo svegliati – berciò Ampelio.

– Ditemi – disse Massimo riscuotendosi dal panorama di crema.

– Un Campari per Pilade e...

– ... un Averna per te.

– Bravo bimbo, lo vedi cosa succede se ti impegni?

– Vai di là, nonno, per favore. Ora Tiziana vi porta tutto.

Ampelio e gli altri si avviarono verso la sala biliardo. Tiziana tacque un attimo, poi domandò con aria noncurante:

– Perché ora Tiziana gli porta tutto?

– Perché ora Massimo va a comprare le sigarette e si gode un po' di silenzio fuori di qui.

– Buana sembre ingazzado nero?

Massimo scosse la testa in modo distratto.

– No, tranquilla.

– Meno male. Avrei un favore da chiederti.

– Questa l'ho già sentita.
– Io però un favore te l'ho fatto.
– Ah, sì. Devo dire che il ritornare alla camicia col nodo è stato molto apprezzato. La prossima volta gradirei che la camicia fosse anche bagnata. A parte il fatto che la clientela aumenterebbe sensibilmente, magari riesci a far venire un infarto a mio nonno e almeno uno me lo tolgo dalle palle.
– Dico davvero, Massimo.
Tiziana si avvicinò a Massimo e iniziò a parlare a voce bassa:
– Te lo ricordi, vero, che io prima di lavorare da te lavoravo da mia zia?
Massimo annuì. C'era scritto nel curriculum. Sei mesi con contratto formazione, subito dopo il diploma di ragioneria.
– Mia zia è la segretaria del notaio Aloisi, e qualche anno fa mi aveva fatto assumere nello studio del notaio per tenere la contabilità.
E questo non me lo ricordavo.
– Non è che fosse un lavoro esaltante, e nemmeno troppo faticoso. Fra le varie mansioni che toccavano alla segretaria e alla contabile, c'era quella di fare da testimone le rare volte che le parti lo richiedevano. A me sarà toccato due o tre volte. Però una volta me la ricordo particolarmente.
E Tiziana aveva iniziato a raccontare.

Lo studio del notaio era bellissimo. Al centro, c'era un tavolo fratino di noce intagliato, che poggiava su un tappeto Shirvan che copriva quasi l'intero pavimento della stanza. Ma questo, riconobbe Tiziana dopo aver visto lo sguardo bovino di Massimo, non era essenziale ai fini del racconto. Nello studio del notaio, oltre alla segretaria, c'era un omone dalla pelle abbronzata, che teneva la testa piegata di lato come se gli pesasse. Quando Tiziana era entrata, si era alzato con un certo sforzo e le aveva offerto una mano enorme, dalle dita grosse come salsicce, quasi sprovviste di unghie, bofonchiando qualcosa a mezza bocca. Mani da lavoratore, che contrastavano con l'abbigliamento da riccastro: giacca di lino, camicia di sartoria napoletana e al polso un Reverso da cinque cifre, centesimi esclusi. L'uomo si era riseduto, sempre con notevole difficoltà, e il notaio aveva detto:

– Bene. I testimoni ci sono, il documento è preparato. Il signor Fabbricotti desidera fare una donazione, e mi ha dato mandato di ottemperare alle sue disposizioni. In particolare, mi ha richiesto di redigere gli atti necessari in modo che non sorga alcun tipo di dubbio riguardo alle sue intenzioni.

Tiziana aveva taciuto, secondo le precise disposizioni della zia («non parlare se non hai niente di fondamentale da dire, perché il notaio è uno che ama il silenzio»), mentre il signor Fabbricotti annuiva con la testa in modo ampio e scoordinato; troppo scoordinato per non essere dovuto ad una malattia neurologica piuttosto grave.

Il notaio aveva distribuito il documento, una copia per uno – il Fabbricotti, Tiziana e la segretaria – quindi, inforcati gli occhiali, si era esibito in quella che è l'unica abilità riconosciuta dei notai, ovvero la lettura ultraveloce:

– «OggindataventinoveaprileduemiladueècomparsodifronteamenotaioStefanoAloisiSirioFabbricottinatoaForcolildodicinovembremillenovecentocinquantadueilquale», respiro, «avendodestinatomenotaiocomesuoesecutoretestamentariomiaffidailruoloditutorefinanziariodelbeneficiarioGiacomoFabbricottinatoaPisailprimomarzomillenovecentonovantacinque», respiro, «affidandominelcontempolacustodiadellaquotaspettanteperledisposizionimedesimecheionotaioAloisimimpegnoacustodirefinoalraggiungimentodellamaggioretàdelsuccitatoGiacomoFabbricottiraggiuntalaqualepotràdisporreliberamentedelpatrimonio». Respiro lungo. «MimpegnoaltresìanonriconoscereallamogliedelsuccitatoFabbricottiSirioMarinaCoruccinataPpontremolildieciagostomillenovecentosettantalcunapartedellasommasopraindicataessendoassoltineiconfrontidellasuccitataCorucciglimpegnilegalidovutinquantoconiugesecondoquantoriportatonelledisposizionitestamentariedamenotaioricevuteindepositoindataodierna».

Ed era andato avanti, tra flussi di parole rapidissime intervallate da respiri di durata variabile. Terminata la lettura del testamento, la voce del notaio era tornata dai 78 giri della lettura atto ufficiale ai 33 della normale voce da colloquio per dire:

– Bene, adesso se non ci sono problemi c'è solo da firmare.

E avevano firmato: la segretaria con efficienza, il Fabbricotti con una certa difficoltà, Tiziana con la sua firma con le lettere «z» lunghe, all'antica, e infine il notaio con la sua firma svolazzante da notaio, perfezionata in anni di pratica.

Uscita dallo studio del notaio, Tiziana aveva pensato che quello che aveva visto era un vero e proprio caso di cancellazione dal patrimonio, in piena tradizione ottocentesca. Quell'omone, di fatto, aveva appena escluso la moglie dalla propria successione, lasciandole solo le spettanze di legge sulle briciole, e destinato al figlio tutti i propri averi, delegando il notaio come tutore e responsabile. Chissà perché uno può arrivare a fare una cosa del genere. Mi sembra una roba da romanzo. Mah, aveva pensato Tiziana, poco importa. Tanto, domani mi sarò dimenticata di questa cosa e non mi verrà più in mente.

E invece, dato che quell'uomo si chiamava Fabbricotti, e la diseredata si chiamava Marina Corucci, l'episodio le era tornato in mente. Perché se erano le stesse persone di cui si parlava al bar, e di dubbi ce n'erano pochi, questo poteva significare una cosa. Che non era scontato che Marina Corucci fosse così ricca. E che l'ipotesi del ricatto non era così da buttare via.

– Ora, te l'immagini se l'avessi detto a tuo nonno? Tornavano da Fusco di volata, e questa era la volta buona che li arrestava e buttava via la chiave.

Massimo si cullò un attimo con l'idea, poi dovette ammettere che Tiziana aveva dimostrato un notevole senso della misura. Che doveva esserle costato non poco, visto che anche lei non disdegnava lo spettegolio.

– Eh, hai fatto bene. Non c'è niente da dire. Allora va bene, ti devo un favore. Vado a comprare le sigarette e torno. A fra poco.

Massimo uscì dal bar e si diresse a passo di cammello verso il tabaccaio. E mentre camminava pensò che Tiziana, probabilmente, tra qualche mese gli sarebbe mancata.

Quattro

– «L'ultimo saluto di Pineta a Giacomo. Di Pericle Bartolini. Si sono svolti ieri, nella chiesa del convento di Santa Luce, i funerali del giovane Giacomo Fabbricotti, deceduto in seguito al tremendo incidente stradale sulla statale Aurelia nel quale è rimasta coinvolta anche la madre, Marina Corucci, vedova dell'imprenditore edile Sirio Fabbricotti. La cerimonia, già di per sé straziante, è stata resa ancor più dolorosa dalla notizia che anche la madre ha perso la sua battaglia più importante. Marina Corucci è infatti deceduta nella notte, in seguito alle ferite riportate nell'incidente, nel reparto di terapia intensiva dell'ospedale Santa Chiara, dove si trovava ricoverata. La notizia, che serpeggiava tra i partecipanti alla cerimonia, è stata confermata dallo stesso officiante, padre Adriano Corucci, nel corso del rito funebre. Il religioso, fratello di Marina e zio di Giacomo, all'inizio dell'omelia ha informato l'uditorio con voce affranta dell'improvviso aggravarsi delle condizioni della sorella e della sua successiva scomparsa, avvenuta il giorno precedente».

Con la solita voce atonale, il Rimediotti leggeva il resoconto dei funerali del povero Giacomo Fabbricotti, unito alla notizia della scomparsa improvvisa, ma non inattesa, della madre. Con viso compunto, i tre vecchietti restanti ascoltavano il Rimediotti, guardando in terra o mandando via dai pantaloni qualche inesistente mosca.

– «Nella seconda parte dell'omelia, dopo aver ricordato il nipote con accenti toccanti, padre Adriano si è rivolto "a coloro che hanno l'odioso vizio di spargere voci fasulle, a coloro che si pascono delle disgrazie altrui, a quelli che parlano senza sapere e che non si rendono conto della sofferenza che aggiungono sulle spalle e sul cuore di chi già sopporta il peso immane della perdita di un congiunto". Il riferimento di padre Adriano è alle voci che si sono, purtroppo, sparse nel paese, e che indicavano un possibile coinvolgimento di Stefano Carpanesi nell'incidente sulla base di un lapsus in cui era incorso lo stesso. Lo stesso Carpanesi, presente alla funzione e visibilmente commosso, ha ringraziato padre Adriano alla fine della cerimonia con poche parole incrinate dal pianto».

Il Rimediotti finì di leggere l'articolo nel silenzio generale. Silenzio che perdurò, una volta tanto, anche dopo la fine della lettura.

– E sicché il funerale l'hanno fatto al convento... – disse Ampelio tanto per dire qualcosa.

– Eò – disse il Rimediotti. – O dove volevi che lo facessero? In fondo padre Adriano era un parente.

– Se è per quello, anche quando moio io mi faccio porta' ar convento – disse il Del Tacca girando lo zucchero nel caffè. – Ma vòi scozza'? Prima di fammi mette' le zampe addosso da don Graziano, se permetti...

Le parole di Pilade riflettono un sentimento comune a buona parte dei pinetani, ovvero la convinzione che, certo, Dio è in ogni parte del mondo e specialmente in ogni luogo benedetto, ma che nelle diverse chiese Nostro Signore non venga tenuto nella stessa identica considerazione dagli inquilini terreni. Per quanto riguarda Pineta, la situazione è duplice. Da una parte, c'è la parrocchia del Buon Pastore, che è vegliata, protetta e soprattutto amministrata da don Graziano Riccomini; la considerazione che l'indigeno medio aveva di quest'ultimo era ben sintetizzata dal discorso di Pilade. Da quell'altra, c'è il convento francescano di Santa Luce, capeggiato da padre Agostino, ex medico ritiratosi a vita monastica molti anni prima, e ospitante una decina di confratelli che praticavano, in accordo alla regola di San Francesco, la via della perfetta letizia. Questi uomini, infatti, erano solitamente immersi nella vita monastica, che per loro consisteva nella meditazione e nella produzione di miele, formaggi e frutti dell'orto, destinati al mantenimento loro e dei poveri che bussavano alla loro mensa. Inoltre, erano sempre a disposizione per qualsiasi cosa che venisse loro richiesta, dalle ripetizioni di latino alle faccende di casa per anziani malati, fino all'aiuto materiale nella costruzione o riparazione di tetti scoperchiati dalla tempesta; il tutto con assoluta umiltà, senza pretendere niente e con un sorriso sulle labbra di una serenità quasi disumana. Degno rappresentante di questa accolita era padre Adriano Corucci, piovuto dall'entroterra umbro una ventina di anni prima; un omone dall'aria paciocosa, il naso rotto e le orecchie a cavolfiore tipiche del pugile, che non si arrabbiava praticamente mai. E, come tutti i pacifici, quando capitava era meglio tenersi alla larga.

Una volta, al convento, era arrivato un tizio in evidente crisi di astinenza il quale, dopo aver mangiato alla mensa dei frati, ebbe la brillante idea di chiedere agli stessi dei soldi. Lo scopo per cui li chiedeva era talmente chiaro che il confratello a cui si era rivolto fu costretto a rifiutarglieli; per questo, il tizio si arrabbiò, e cominciò ad offendere il frate tentando anche di mollargli uno schiaffo. Purtroppo, il religioso in questione era padre Adriano, il quale si trovò a dover assistere il poveraccio sull'autolettiga, mentre lo portavano all'ospedale per comporgli la doppia frattura di mandibola e mascella, spiegando nel contempo ai paramedici che lui gli aveva dato soltanto due manate e che non era colpa sua se il tizio era così deboluccio.

Mentre i vecchietti stentavano a far decollare la conversazione, che probabilmente di lì a poco sarebbe stata annullata in favore di una bella partitina, il telefono squillò gagliardamente. Tiziana stava caricando la lavastoviglie, ed era incastrata sotto al bancone con il cestello in mano. Massimo, che era il più vicino all'apparecchio, sollevò la cornetta al secondo squillo e rispose con un rilassato:

– Il BarLume buongiorno.
– Pronto, qui è il commissariato di Pineta. Parlo con Viviani Massimo?
Cos'è, uno scherzo?
– Presente.
– Le passo il dottor Fusco in linea. Un attimo, per cortesia.
Breve silenzio con scatto.
– Signor Viviani?
– Sempre lui.
– Avrei bisogno di parlare con suo nonno.
Eh?
– Certo. Glielo passo subito –. Massimo coprì la cornetta con la mano. – Recluta Viviani Ampelio, a rapporto.
– Dinni alla tu' nonna che torno verso l'una e che se mi fa' trova' l'avanzi di iersera tiro ir piatto dalla finestra – rispose Ampelio laconicamente.
– Temo ci sia un qui pro quo, nonno. Al telefono c'è Fusco.
– Fusco? O cosa vole?
– Mah, non saprei. Perché non lo chiedi a lui?
Siccome il telefono era attaccato al muro, ad Ampelio toccò alzarsi dalla seggiola e dirigersi a passo bastonato verso l'apparecchio. Arrivato al telefono, prese la cornetta dalle mani di Massimo e abbaiò: – Pronto.
Breve silenzio.
– 'Un ho capito. Devo veni' costì?
Breve silenzio.
– Ah, tutt'e quattro? E chi lo dice?

Silenzio esplicativo.

– E se è venuto lì me lo saluti! 'Un ho capito cosa c'entro io.

Silenzio minaccioso.

– Come? – disse Ampelio con un altro tono, virando dal battagliero all'incredulo. – Ah. Ho capito. Ora subito? Sì, un attimo, ne lo dìo. Va bene. Arrivederla.

E buttò giù, con aria dubitativa.

Massimo restò ammirato. Qualsiasi cosa avesse detto Fusco, non era da tutti riuscire a ridurre al silenzio suo nonno.

Ampelio restò vicino al telefono, si voltò e disse:

– Ha detto Fusco che bisogna anda' in commissariato. Tutti e quattro. Io, Aldo, Gino e Pilade.

Ci fu un momento di incredula immobilità. Tiziana posò il cestello e si tirò su dal retro del bancone. Ampelio riguardò la cornetta come se fosse tutta colpa sua prima di spiegare:

– Quel figliol di troia del Carpanesi è andato da Fusco e n'ha detto che lui la Corucci ner novantaquattro 'un sapeva nemmeno chi fosse. Ha anche detto che uscito da lì andava dall'avvocato e ci querelava tutti e quattro per diffamazione.

Varie paia di occhiali da presbite si guardarono con sconcerto.

Mentre Tiziana guardava il quartetto dirigersi verso il commissariato, Massimo si era versato un bicchiere di tè freddo, si era seduto ad uno dei tavolini ed aveva aperto il «Corriere» con finta indifferenza. Dopo aver visto i vecchietti scomparire dietro l'angolo, Tiziana si era rivolta a Massimo con aria ansiosa:

– Ma te non sei per niente preoccupato?

– Di cosa? – chiese Massimo dando un sorso al tè.

– Massimo, non fare il cretino. Hanno convocato tuo nonno in commissariato. Vogliono querelarlo.

– E fanno bene. Così lui e quegli altri imparano a farsi i cazzacci loro, una volta tanto.

– Massimo, è una cosa seria. Li ha appena chiamati Fusco in commissariato.

Massimo piegò il giornale.

– Lo so. Per questo non sono preoccupato. L'altra volta Fusco mi ha detto al telefono che ha fatto loro rilasciare una dichiarazione spontanea, mettendo a verbale solo il fatto che secondo i vecchietti il Carpanesi e la Corucci si conoscevano da prima del millenovecentonovantasei. Tutto il resto lo ha lasciato fuori.

Massimo fece un gesto eloquente con la mano, mentre finiva l'ultimo sorso di tè.

– Ora, non si può querelare una persona per questo – continuò dopo un breve sospiro. – O meglio, puoi, ma il giudice non ti darà mai ragione. Tra l'altro, andando a spaccare il capello in sedici, quello che diceva Aldo era irrilevante, ma a suo modo era motivato.

– Come fai a saperlo?

– Sono andato a guardare su Internet.

– E perché?

– Perché ho la sindrome del sapientino, Tiziana. Se qualcuno fa un'affermazione basata su di un dato, devo per forza controllarlo, sennò non ci dormo la notte. Ormai dovresti saperlo.

– Mmmh. Sarà. Comunque non capisco perché il Carpanesi sia andato a querelarli, visto che te dici che non ha senso.

– Perché è un politico. È un politico in campagna elettorale. E chiunque attenti al suo sacro buon nome si merita una risposta ufficiale. Che abbia ragione o no. Comunque, ti ripeto, non credo che ci sia da preoccuparsi. Fusco gli farà una bella reprimenda, li inviterà a smetterla di giocare a Miss Marple e per una o due settimane vivremo tutti più tranquilli.

– Mah, speriamo. Senti, già che siamo da soli, te lo posso chiedere quel favore?

– Volentieri – rispose Massimo, pur consapevole che il favore che gli avrebbe chiesto Tiziana non coincideva con i favori che lui avrebbe richiesto a lei.

– Allora, io e Marchino ci si sposa a settembre.

– E questo lo so anch'io.

– Ora, prima di sposarmi a me mi piacerebbe trovare casa. Però non ci siamo ancora riusciti, e ormai siamo alle porte coi sassi. E io non ne posso più di cercare. Tutte le volte è la stessa storia. Ti dicono una cosa e te ne trovi davanti un'altra. Io non ne posso più dell'«ampio trilocale con resede esclusiva» che poi quando lo vai a vedere è un tugurio con un cortiletto davanti pieno di cacate di piccione. Allora, ti volevo chiedere se te sei sempre in contatto con quel tuo amico che fa l'agente immobiliare. Quello che t'aveva trovato il bar. Visto che è un tuo amico, magari riesco a parlarci chiaro da subito.

– Il Cellai? Certo. Figurati. Non lo vedo da una vita, ma non vuol dire. Il suo numero ce l'ho sempre. Te lo scrivo subito.

– Ehm... non è che per caso lo chiameresti te? Io non lo conosco, sai. Poi magari se sente te è un'altra cosa.

– Va bene, va bene. Lo chiamo io. Ora però – disse Massimo alzandosi – ci sono due tipi che si sono seduti fuori. Ci vai te?

– Zì buana – disse Tiziana con un sorrisone.

A volte ci vuol poco a far contenta la gente.

Erano passate più di due ore, e la mattinata si era tramutata pian piano in ora di pranzo. Massimo si immaginava che i vecchietti, ascoltato il rimprovero di Fusco, fossero tornati a casa ognuno per i fatti loro e che si sarebbero rivisti solo nel pomeriggio, se non direttamente il giorno dopo. Quindi, fu parecchio sorpreso quando li vide varcare la porta uno dopo l'altro, in processione guidata dal Del Tacca più sudato e sbuffante del solito.

E ci credo, pensò Massimo, con tutti quegli ettolitri di lardo che si porta appresso cinquecento metri a piedi bastano e avanzano. Gli dice bene che non gli sia venuto un infarto.

Una volta che furono entrati, invece di lamentarsi come al solito che l'aria condizionata era troppo forte, si sedettero ognuno al proprio posto in uno strano silenzio e si guardarono, con l'aria di chi non sa come dire qualcosa.

Massimo si sentì un po' in colpa per loro. Evidentemente Fusco ci era andato giù pesante. Prese la sua aria da Barista Complice e Solerte e domandò:

– Posso aiutarvi? Volete un bell'aperitivo? O preferite qualcosa di più forte?

Ampelio girò lo sguardo verso di lui e disse con un mezzo sorriso:

– Bravo bimbo. Quarcosa di forte è quello che ci vòle. Facciamo così, prendi un bicchiere e mettici du' dita di rumme di vello scuro che ti garba a te.

Azzo. Senza mostrare sorpresa, Massimo eseguì e riempì un tumbler con due dita di Demerara.

– Ecco, bravo – disse Ampelio. – Ora prendi un ber fiato e buttalo giù tutto d'un botto. Così ci rimani meno male.

Prego?

– Così ci rimani meno male – ripeté Ampelio. – Perché Fusco cià appena detto che alla fin fine Marina la Corucci l'hanno ammazzata per davvero.

– Quell'uomo è meno scemo di quanto sembri – esordì Aldo, aspettando che Massimo finisse di tossire dopo aver buttato giù il contenuto del bicchiere. – A quanto ci ha raccontato, ieri sera il buon Carpanesi è andato da lui con tanto di avvocato e ha richiesto di rilasciare una deposizione spontanea. Fatto questo, ha dichiarato di aver conosciuto Marina Corucci nel 1996, e non prima. Ha citato luogo, ora, testimoni e quant'altro. Dopo di che, ha ricordato a Fusco che la diffamazione è reato e gli ha detto che avrebbe consultato il suo avvocato per vedere se c'erano gli estremi per una querela. E qui Fusco s'è incazzato di brutto. Vuoi che chiami un medico?

– Nho nho – disse con voce strozzata Massimo, che era diventato paonazzo. – È il hrum a htomaho uoto. Non hono abihuaho. Honhinua.

– Va bene. Insomma, il Fusco non ha gradito che un politico gli ricordasse che cos'era e cosa non era reato. Mentre si incazzava, gli è venuto in mente un vecchio proverbio latino, che dice «excusatio non petita, accusatio manifesta». E così...

– E così – si introdusse il Del Tacca – è andato a vede' la storia di Vagli di Sotto, e s'è reso conto che avevamo ragione noi.

– Esattamente – disse Aldo riprendendo il suo ruolo di narratore. – Si è andato a vedere il filmato, si è documentato sul posto, e in un'oretta ha capito che quello che gli avevamo detto noi era vero. Ricapitolando, quindi, il Carpanesi questa donna la conosceva già bene nel novantaquattro. Ma, ignorando il fatto che le illazioni sulla loro conoscenza fossero suffragate da un filmato, e credendo che fossero chiacchiere di vecchi matti, ha sentito il bisogno di andare in commissariato a negare l'evidenza. E allora, cosa ci dice questo?

Che in politica ha un futuro, pensò Massimo senza dirlo. Invece, Ampelio guardò Massimo e gli fece con la mano il gesto universale – palmo verso l'alto, dita stese che si stringono al centro tutte insieme a formare una specie di carciofo pulsante – che significa «culino stretto così».

– Esattamente – approvò Aldo. – A questo punto,

il buon Fusco ha capito che c'è del torbido, ma non sa ancora in cosa consiste. Per capirlo, ricorre ai potenti mezzi della nostra polizia, che per una volta non è una battuta ma un'osservazione. Tu, Massimo, lo sai cos'è lo SDI?

No, disse la faccia di Massimo che ormai era stato inchiavardato dal racconto.

– È una roba da non credessi – si intromise il Del Tacca.

– Boia, davvero – sottolineò il Rimediotti.

– SDI significa «servizio di indagine» – riprese Aldo. – È una specie di archivio elettronico dove vengono registrati tutti gli atti di polizia. Tutti. Dalle multe ai controlli degli alberghi, dagli appostamenti stradali alla consegna di atti giudiziari. Tutto. Tutte le volte che la polizia incoccia nel tuo nome, vieni registrato lì, in modo preciso e circostanziato.

– Ho capito – disse Massimo.

– Allora, quel che ha fatto Fusco è stato fare un controllo incrociato con i dati della Corucci e del Carpanesi su questo SDI. Come fanno in quei telefilm americani dove ci sono quei bischeri che vanno sulla scena del crimine, raccattano un pezzetto di cemento, lo mettono in una macchina e due minuti dopo viene fuori composizione del cemento, nome della ditta produttrice, nome dell'omino che lo ha steso e modello della betoniera che ha usato. Una volta...

– Non divagare – interruppe Massimo, che sapeva che Aldo era un ottimo narratore, ma che tendeva a perdere il filo del discorso.

– Scusa. Insomma, dal controllo su quest'archivio son saltate fuori due cose. Uno, che il Carpanesi ha dormito per tre o quattro volte in un albergo che si chiama Hotel des Bains, a San Giuliano Terme, nell'estate del novantaquattro. E indovina chi ci ha dormito, nello stesso albergo e nelle stesse notti?

– Tiro a indovinare. Marina Corucci?

– Bravo, il signore vince un orsacchiotto. La seconda è ancora più divertente. Nell'agosto del novantaquattro, una notte, una pattuglia della polizia va ad aiutare una coppia che si era infrattata in un boschetto vicino ad Aulla. I due, parcheggiata la macchina, avvertono il fascino della cara vecchia chiavata in camporella e si dirigono verso il prato. Purtroppo, una volta consumato, tornano alla macchina e scoprono che non c'è più. L'uomo, tra le poche cose che ha addosso, ha un cellulare e chiama il 113. Gli agenti arrivano, chiedono nomi, raccolgono denuncia ed accompagnano la coppia alla stazione del treno. E indovina un po' chi sono i due?

– Ritiro a indovinare. La Corucci e il Carpanesi?

– Perfetto. Il signore vince un altro orsacchiotto con carillon incluso. A questo punto, cosa fa il solerte Fusco? Chiama l'ospedale e si informa sulle condizioni di salute di Marina Corucci. Le quali, la mattina, erano stabili.

– E lo erano anche la sera – interruppe Massimo. – Ma un tantinello troppo, dato che la signora è deceduta.

– Esatto. Purtroppo ho finito gli orsacchiotti. A questo punto la situazione precipita. Fusco, zitto zitto, prende il nostro «verbale di sommaria informazione», insieme alla dichiarazione del Carpanesi e alle sue scoperte, e li trasmette alla procura come ipotesi di reato. Il procuratore ordina il sequestro del cadavere, chiama il medico legale e dispone l'autopsia. Me lo versi un Campari?

Pausa, con un silenzio irreale rotto solo dal gorgogliare del liquido dalla bottiglietta al bicchiere. Aldo bevve un sorso soddisfatto, quindi si appoggiò al bancone e terminò:

– Marina Corucci è morta per un'embolia cerebrale, causata dal fatto che un simpaticone le ha praticato un'iniezione d'aria, presumibilmente attraverso il tubicino della flebo. Il referto ufficiale dell'autopsia è arrivato stamani alle nove.

– E a quer punto – disse il Del Tacca – il Fusco ci ha chiamati lì tutt'e quattro per chiedecci se sapevamo quarcos'artro. Guarda strano, ogni tanto anche vesti vecchi rompipalle servano a quarcosa.

Cinque

– «La verità dei conti correnti. Di Pericle Bartolini. Si infittisce il mistero sulla relazione che legava Marina Corucci a Stefano Carpanesi, mentre si avvicinano le elezioni suppletive per il Senato in programma per l'inizio di maggio». Te l'immagini, ir mistero. Ormai che que' due trombavano lo sanno anche in Isvizzera. «È ormai evidente, infatti, che il Carpanesi non sia stato del tutto sincero sulla sua amicizia con la defunta, vittima del terzo omicidio che funesta la bella stagione della nostra provincia da qualche anno a questa parte». E chissà come vi dispiace, poverini. Vendete più giornali co' morti che cor Bingo.

Ci fu un momento di silenzio, rotto qualche secondo dopo da uno schiocco secco e preciso, seguito da un rumore di biglia che rotola.

– «In origine, le indagini della polizia si erano concentrate sulle dichiarazioni dell'uomo, che aveva dichiarato spontaneamente di non aver conosciuto la donna prima del millennovecentonovantasei», e ha detto una bella cazzata, «ma la cosa è stata presto smentita dagli inquirenti, che hanno appurato che il Carpanesi e la Corucci si frequentavano già qualche anno prima. Le indagini, però, non si sono fermate qui, e ieri sono giunte ad un altro punto fondamentale: risulta, infatti, dalle analisi dei conti bancari, che il Carpanesi avrebbe prelevato dal suo conto corrente delle somme ad intervalli regolari, e che pochi giorni dopo le stesse somme venissero depositate sul conto intestato alla vittima. In poche parole, si fa strada l'ipotesi che il Carpanesi fosse oggetto di un ricatto da parte della stessa Marina Corucci».

Seguì un altro momento di silenzio, interrotto da un doppio schiocco e da un inizio di bestemmia.

– Quando le palle fanno tatà, posa la stecca e vai a paga' – disse Ampelio con saggezza millenaria buttando giù il giornale.

– Ora te la poso nel capo, la stecca – rispose Aldo mentre tentava di darsi un tono dando il gesso sulla punta della suddetta arma con signorilità, dopo aver sbagliato uno dei colpi più facili dell'ultimo secolo. – Se poi dopo mi fai il favore di non leggere mentre sto tirando, magari riesco a combinare qualcosa.

– O, se 'un cogli un còomero 'un è corpa mia. D'artronde 'un sei mìa 'r solo. Senti vì: «L'ipotesi non è però al momento suffragata da alcun tipo di movente, e gli inquirenti per il momento non azzardano possibili spiegazioni. Spiegazioni che non sono state fornite nemmeno dallo stesso Carpanesi che, nonostante l'iscrizione nel registro degli indagati, si è chiuso nel più stretto riserbo». Sissì. S'è chiuso ma ner cesso, e a doppia mandata. Come sorte fòri, la su' moglie gli fa un culo come una manica di cappotto. A che punto siamo?

– Manca otto punti – disse Pilade. – Ma ora tira Gino.

Quel «ma» stava a significare che, nonostante otto punti siano tanti, il Rimediotti era in grado di portarli a casa senza difficoltà. L'errore di Aldo – giocatore nella media, che però spesso tentava colpi artistici con conseguenze rovinose – aveva lasciato infatti a Gino un colpo piuttosto facile, e in questa stanza e con una stecca in mano il Rimediotti detta legge. L'unica speranza in questi casi è che, nel chinarsi per valutare quanto effetto imprimere alla palla, rimanga vittima del suo solito colpo della strega e vada portato via a braccia.

Invece, una volta chinatosi, il Rimediotti si rialzò; quindi, appoggiò la stecca sull'incavo formato dal pollice e dall'indice e cominciò a brandeggiare la stecca avanti e indietro, in modo metodico. Il colpo partì quasi da solo, come succede solo a quelli che sanno giocare davvero. Sponda, sponda, palla gialla, birillo centrale, mentre gli altri birilli rimasero illesi. Dodici.

– Partita. Entra Ampelio, esce Massimo. Bravo bimbo, hai giocato davvero bene.

– Merito del maestro – disse Massimo mentre si toglieva il grembiulino.

– De', d'artronde... – si pavoneggiò Ampelio.

– Nonno, parlavo di Gino. Da te al massimo ho imparato come si frega la cioccolata.

– Quello non l'hai mica imparato tanto bene, però – disse Tiziana, che era appena entrata con un vassoio. – Sei secco come un uscio.

– Lo dici te, bimba bella – controbatté Ampelio, in ossequio alla regola che finché li prendo per il culo io i miei parenti va bene, ma se lo fa qualcun altro guai. – Ir bimbo era un genio. Guasi meglio della su' mamma. È che poi me la portava a me, la cioccolata.

– Come, meglio di sua mamma?

– Ma perché, Tiziana, te non la sai la storia della Giuliana?

– Io no – disse Tiziana.

– Eh, non c'è niente da fare – disse Aldo. – Ampelio è sempre stato uno scopritore di talenti. E con la Giuliana ci ha preso in pieno. Posso? – chiese tirando fuori le sigarette.

– No – disse Massimo. – Si impregna il biliardo di fumo e poi puzza come un cimitero di cimici.

– Va be'. Allora, devi sapere che Giuliana, la mamma di Massimo, è laureata in ingegneria meccanica. Ora, a quei tempi non era tanto comune che le donne studiassero, tanto meno una materia come ingegneria. E poi, la famiglia di Ampelio non è che fosse tanto versata per gli studi, parliamoci chiaro.

– S'era poveri – grugnì Ampelio. – Studia' era roba da ricchi. Io sono andato a lavora' a dodicianni.

Però. Oggi sono dodici. È un record. Finora era arrivato a quattordici. Di solito sono sedici. Dipende dal contesto.

– Insomma, andò così. Un giorno, a dicembre, Ampelio compra un panettone. Uno. E quel panettone è sacro. Deve arrivare alla vigilia intatto, perché il panettone si mangia a Natale. Però la Giuliana, che aveva quattro anni, era ghiotta di dolci, che è una cosa di famiglia. Ma Ampelio e la Tilde l'avevano avvertita: il panettone è per Natale. Se lo tocchi, guai.

Aldo si fermò per prendere un sorsino di acqua tonica.

– Ma la Giuliana ormai su quel panettone ci ha messo gli occhi addosso. E per poterci mettere anche i denti, ti tira fuori una pensata favolosa. Va in cucina e prende un cucchiaino. Sceglie quello con il bordo più sottile. Poi, una notte, va in dispensa. Scarta il panettone con cura, lo volta e inizia a scavarlo dal fondo con il cucchiaino. E si gusta quelle scagliette morbide una ad una. Poi, lo incarta di nuovo ammodino e lo rimette a posto. Nessuno se ne sarebbe mai accorto.

Aldo fece una risatina, mentre Massimo guardava Tiziana che seguiva la storia estasiata, immobile e rapita come gli uccellini quando Biancaneve si mette a cantare.

– Però la bimba si fece prendere un po' la mano, e la notte dopo era di nuovo lì, a scavare da sotto con il cucchiaino. Insomma, la faccio breve: il giorno di Natale, dopo pranzo, il panettone venne portato in tavola con tutti gli onori, la carta venne aperta e il dolce tagliato. E come la Tilde ci appoggiò il coltello, il povero panettone si sgonfiò e andò giù come un palloncino bucato. Capirai, ormai era rimasta praticamente solo la crosta.

– Tò, come ci rimasi di merda... – disse Ampelio con occhi assenti.

– E allora, cos'è successo?

– È successo l'inaspettato – disse Massimo, entrando a pieno titolo nel racconto. – È successo che nonno, invece di incazzarsi come un mullah, prese mia mamma e le chiese cosa aveva fatto, visto che era evidente che era stata lei. E mia mamma glielo raccontò.

– E allora? – chiese Tiziana.

– E allora, c'era pòo da fa' – disse Ampelio soddisfatto. – In casa nostra siamo sempre stati testoni, ma quella figliola un po' di cervello ce lo doveva ave' per forza. Una bimba che 'un va ancora a scòla che ti penza una 'osa der genere, te l'immagini? E allora ci si ragionò un po' fra noi, si fece du' conti, e si decise che quella bimba doveva studia', 'un c'era santi.

Un sorriso diverso visitò i volti degli astanti. Tiziana sorrise perché la storia era di quelle belle, che sopravvivono ai propri protagonisti, e perché la mamma di Massimo passava da una punizione quasi inevitabile ad una investitura. I vecchietti sorrisero come a dire lo vedi quando s'era giovani noi i talenti li sapevamo prendere al volo. Massimo sorrise a pensare all'improbabile consiglio di famiglia che era sottinteso in quel «ci si ragionò un po' fra noi», e che a quanto si narrava era consistito in un monologo di Ampelio a base di moccoli, culminato con la zia Enza, quella bruttissima, che chiedeva o Ampelio ma dove li trovi tutti questi quattrini e Ampelio che rispondeva alla peggio s'apre un casino ma 'un ti preoccupa', tanto te ar massimo ti si fa sta' alla cassa.

Ampelio diede un sorsino all'amaro, fece un verso di disappunto e continuò.

– E 'nzomma ci si ritrovò con un ingegnere in famiglia, che però invece di fa' l'ingegnere s'è messa subito a fa' la mamma. E l'unico nipote che mi ritrovo s'è laureato anche lui, e poi s'è messo a fa' 'r barrista. Tanta fatìa e 'un ci siamo spostati d'un metro, maremma cinghiala...

– Mi sembra che tu sia l'ultima persona che se ne può lamentare – ribatté Massimo sulla soglia mentre si avviava verso il corridoio che portava al bar. E che cazzo. Passi qui tutto il giorno, mangi e bevi a scrocco, ora hai anche il biliardo, cosa vuoi di più dalla mia vita? Non pensiamoci, và. Almeno una partitina me la sono fatta.

Arrivato nella stanza del bar, Massimo si installò dietro al bancone e si preparò per passare le due ore di stanca che precedevano l'ora dell'aperitivo. Mentre disponeva il necessario (panino, tè freddo e libro, nella fattispecie *Little Scarlet* di Walter Mosley: inutile tentare di leggere qualcosa di sostanzioso al bar, dato che la gente ti interrompe continuamente con la scusa che vuole bere qualcosa, e allora tanto vale prendersi un bel giallo) vide attraverso la porta a vetri la figura di padre Adriano che camminava. E la cosa catturò la sua attenzione.

Questo perché, nei rari casi in cui usciva dal convento, il frate era solito passeggiare svagatamente, come se non andasse da nessuna parte, lo sguardo rivolto verso le meraviglie del Cielo (nuvole, alberi, uccelli) e quelle della Terra (fiori, animali e qualche leggiadra donzella sculettante che ne calamitava occasionalmente lo sguardo, d'altronde non c'è niente di male, siamo tutti figli di Dio e qualcuno ha preso più di altri dalla perfezione del babbo). In quel momento, invece, il cappuccino stava procedendo col viso in terra, a passi lenti ma decisi. E, cosa che non capitava mai, si stava dirigendo verso il bar.

Massimo sperò che Tiziana o i vecchietti rientrassero nel bar alla svelta, perché non se la sentiva di passare nemmeno un momento da solo con una persona che aveva appena perso una sorella e un nipote ed era presumibilmente convinto che, Fusco o non Fusco, il servizio informazioni ubicato dentro al BarLume avesse funzionato anche troppo bene. Se proprio il frate doveva prendersela con qualcuno, pensò Massimo, non con me. Ma siccome sperare in qualcosa non significa farlo avverare, quando padre Adriano appoggiò la mano sulla porta Massimo era ancora da solo, mentre dalla sala biliardo provenivano allegri cicalecci interrotti solo dallo schiocco delle sfere di supercristalato.

La porta a vetri si aprì, e padre Adriano entrò, andandosi a sedere su uno degli sgabelli davanti al bancone dopo aver aggiustato la tonaca con cura.

– Buongiorno – disse Massimo.

– Pace e bene, Massimo – rispose il frate, e sembrava più un augurio che una constatazione.

– Posso fare qualcosa per lei, come uomo o come barrista?

Il frate sorrise.

– Come barista, grazie. Vorrei una coca-cola.

– Ci diamo allo stravizio, eh? – disse Massimo, in

un penoso tentativo di dare un tono leggero alla conversazione, mentre prendeva una bottiglietta dal frigo.

– Eh già. Chissà quando me ne potrò bere un'altra. È una delle mie debolezze, ma mi piace talmente tanto...

– Be', non mi sembra grave. In fondo il convento è a un chilometro da qui. Se fa una passeggiatina io le verso tutte le coche che vuole. Se non vuole farsi vedere dai confratelli, gliela porto nella sala biliardo e lì è al sicuro. Gliela porterei di là anche ora, ma adesso purtroppo c'è il corso di sopravvivenza.

Il frate continuò a sorridere, anche se in modo lievemente automatico. Poi buttò giù un sorso generoso del frizzante liquido caramellato e alzò le sopracciglia. Nella sala biliardo, il brusio si era acquietato. Massimo poteva quasi vedere i quattro vecchiacci acquattati con le orecchie tese come pellerossa nel tentativo di capire cosa stesse dicendo padre Adriano.

– Eh, non è così facile. Nel posto dove vado sarò fortunato se troverò l'acqua, da bere.

– Ah. E dove va di preciso?

– In Malawi. Sai dov'è?

Massimo sapeva tante cose, ma in geografia non andava al di là della Toscana, e anche quella in modo barcollante.

– Ammetto la mia ignoranza. No.

– È uno staterello africano, accanto allo Zambia. Uno di questi stati che non hanno nulla, né petrolio, né diamanti, né altro. Hanno solo un lago e delle sterpaie da coltivare. Fino a poco tempo fa coltivavano principalmente il tabacco. Ora come ora noi occidentali fumiamo molto meno, e quindi loro devono cambiare coltivazione. Io andrò in una missione che si è insediata là, con alcuni nostri confratelli, per andare a costruire un piccolo aeroporto.

– Ah.

Massimo avrebbe voluto chiedere «e perché va in un posto dove crepano di fame a costruire un aeroporto?», ma non sapeva in che modo mettere la domanda per non offendere il religioso, i cui trascorsi da pugilatore erano noti in tutto il paese. Per fortuna il frate non sembrava aver bisogno di esortazioni.

– Eh sì. Vedi, il Malawi ha accordi commerciali bilaterali con lo Zimbabwe e, soprattutto, con il Sud Africa. Se vendono o comprano merci in questi paesi, non pagano tasse. Per questo, la comunità ha bisogno di arrivare bene in questi paesi, e come puoi immaginare le strade in Malawi non ci sono quasi. Allora, un piccolo aeroporto sarebbe una benedizione. Anche una comunità piccola potrebbe rifiorire potendo scambiare merci con questi stati.

– Ho capito.

Nonsonoaffarituoinonsonoaffarituoinonsonoaff...

– E perché ha deciso di andare via?

Ecco. Complimenti. Il frate finì la coca con un ultimo sorso assetato, quindi guardò fuori mentre rispondeva:

– Non sono più al mio posto, qui. È successo qualcosa che mi impedisce di restare al mio posto.

– Capisco. Mi perdoni, ho fatto una domanda idiota.

– No, Massimo. Le domande non sono mai idiote. Al massimo sono maliziose, ma nella tua non c'era cattiveria. Tu lo sai che non me ne vado solo perché sono scomparsi i miei cari. La cosa ti sorprenderebbe, se fosse così. No, è un altro il motivo per cui me ne vado. Non dipende da quello che altri hanno fatto, ma da qualcosa che ho fatto io. Dimmi, tu credi in Dio?

– Con tutto quello che mi ha fatto fino adesso? No.

– E in chiesa, ci vieni mai?

– Le ho appena detto che non credo in Dio.

Il frate allargò il suo sorriso, in modo percettibilmente amaro.

– Le due cose non sono così legate come credi. Tanta gente viene in chiesa e in Dio non crede più. Tanta gente crede in Dio e non va in chiesa. Vieni in chiesa alla Messa del Giovedì Santo. Risponderò alla tua curiosità. Alla tua, e a quella della gente. Ora devo andare.

– Torna in convento? – chiese Massimo, stupito che il frate fosse uscito solo per la coca-cola.

– No. Vado in commissariato. Pace e bene, Massimo. Ti aspetto giovedì.

Sei

Ecco. Ma dimmi te se è il modo di fare. Io volevo solo stare tranquillo, con il mio librino e il mio tè freddo, per una volta che la giornata sembrava promettente. Per una volta che potevo farmi in santa pace i cazzi miei. E questo tonacone arriva e cosa fa? Invece di limitarsi a bere la sua coca in santa pace e andare via, mi dice che va in commissariato. Ma i frati una volta non facevano il voto del silenzio?

Padre Adriano se ne era andato via da poco, e Massimo stava guardando con rimpianto il giallo appoggiato sul bancone, simbolo di una giornata placida e pacifica che se ne era appena andata via. Inutile illudersi.

Se c'era una cosa a cui Massimo non riusciva a resistere, erano gli enigmi. Se un fatto senza apparente spiegazione colpiva la sua curiosità, il suo cervello partiva e addio, tutto il resto del mondo diventava una perturbazione, un rumore di fondo. E il frate, con la sua ultima frase, aveva avviato esattamente questo processo, insieme alla consapevolezza che non sarebbe rimasto da solo di fronte all'arcano. Infatti, dal corridoio della sala biliardo, erano arrivati l'uno dopo l'altro i quattro vegliardi, Aldo ancora con stecca e gessetto in mano, seguiti a ruota da Tiziana. Aldo fu il primo a parlare:

– Quello era padre Adriano?

– Come se non lo sapeste – rispose Massimo continuando a guardare fuori dalla porta a vetri. Tanto lo so che eravate di là con le orecchie appoggiate al muro. E comunque è una maledizione, Cristo santo. Tutti gli altri ottuagenari della terra sono sordi, e gli unici quattro che sentono una scurreggia di ragno a un chilometro li dovevo beccare io.

– Ò, io 'un ci 'apisco più nulla – disse Ampelio, mettendosi a sedere e ufficializzando così il fatto che la partita era finita, e cominciava il dibattito. Termina il ricreativo, principia il culturale, pensò Massimo ricordandosi di un film con Benigni di tanti anni prima.

– Davvero – fece eco il Rimediotti, sedendosi anche lui con difficoltà. – Andava in commissariato, ha detto.

– Già – riprese il Del Tacca. – E ha detto anche un'artra cosa. Che se ne va. Se ne va per quarcosa che ha fatto lui. E a me m'ha fatto veni' in mente un episodio. M'ha fatto veni' in mente quer che successe ar povero Santochi.

– Chi? – chiese Tiziana mentre gli altri vecchi, improvvisamente, si illuminavano in viso.

– Il Santochi, quello del bagno Poseidon. Che all'epoca si chiamava bagno Bruno.

Pilade si assestò sulla sedia, e si appoggiò bene all'indietro sullo schienale, nella posa tipica del narratore che ricorda eventi lontani:

– Il Santochi aveva un bagnino che si chiamava Francesco, detto Cecco dell'ombrellone. E 'un era un soprannome dato a caso. Di giorno rizzava l'ombrelloni, e di notte rizzava quarcos'artro. Era un ber giovane, moro, di velli che ci sanno fare. E se le ripassava tutte. Giovani e meno giovani, ragazze o maritate. E fra queste, un'estate, ci fu anche la moglie der Santochi. Se la portava in cabina e gli dava delle belle rigovernate, mentre il marito era a pesca' l'arselle.

Pilade si fermò e si accese una sigaretta, senza provocare reazioni in Massimo che stava seguendo il racconto e non considerava altro.

– E un giorno la moglie der Santochi, che era una parecchio baciapile – riprese Pilade – andò ar convento a confessassi, tutta in lacrime. E disse al frate, padre Giuseppe, che era andata in cabina con Cecco dell'ombrellone e che ir marito aveva scoperto tutto.

Pilade scosse la cenere della sigaretta e continuò:

– Ora, il Santochi era un brav'omo, lavoratore, ma era geloso come pochi. Era còrso, figurarsi. Di Porto Centuri, ner nord. Una vorta aveva preso a seggiolate uno che la su' moglie l'aveva guardata in un certo modo. E allora ir frate 'un sentì discorzi: prese, andò da' carabinieri e disse che andassero a cerca' Cecco e lo trovassero prima che lo trovasse il Santochi, sennò ci scappava ir morto.

– Me lo rìordo – intervenne Ampelio. – Si misero in due davanti a casa di Cecco, e mezz'ora dopo arrivò il Santochi colla carabina. Arrestarono tutt'e due, il Santochi per porto d'armi abusivo e Cecco 'un si capiva bene perché. Poi successe che mentre eran dentro tutt'e due, il maresciallo de' carabinieri cominciò a anda' a trova' la moglie der Santochi un giorno sì e uno no.

– Comunque, questo è quer che successe – continuò Pilade. – E il buon padre Giuseppe, che in fondo s'era comportato seòndo coscienza, si ritrovò in una brutta situazione. Ir priore der convento ni disse che 'un poteva anda' a giro a rompere il segreto della confessione, e padre Giuseppe ni rispose che l'aveva fatto per evita' che ammazzassero una persona. Comunque, ir priore ni spiegò che ormai la gente da lui a fassi confessa' non ci sarebbe andata più, e che era meglio per tutti se si trovava un altro convento. E questo fece, perché dall'oggi al domani di fratello Giuseppe 'un se n'ebbe più notizia.

– Ho capito – disse Massimo. – Quindi secondo te padre Adriano è andato in commissariato per dire qualcosa che ha sentito in confessione.

– Siùro al cento per cento. Io ci scommetto quello che ciò di più caro – disse il Del Tacca solennemente.

– De', te l'immagini – ridacchiò Ampelio. – È diecianni che ti segna le sei e mezzo.

– E a questo punto, però, ci si ferma – disse Aldo ingessando distrattamente la punta della stecca, come se si preparasse a tirare un filotto usando la chiorba di Ampelio come palla bianca. – Perché, anche ammettendo che tu abbia ragione, io posso solo immaginare che sia qualcosa che riguarda il Carpanesi.

– E perché il Carpanesi? – chiese Tiziana.

– Perché il Carpanesi è l'unìo di vesta storia che vada in chiesa e a confessassi – rispose Ampelio. – La Marina Corucci in chiesa 'un ciandava mai, e la moglie der Carpanesi i preti e i frati l'userebbe per fa' la punta a' pali.

– Persona intelligente – commentò Massimo a mezza bocca.

– Te sei veramente un anticristo – disse Tiziana.

– Mi permetto di dissentire – disse Aldo. – Massimo ha le sue idee sulla religione, come tutti noi. In più, sta imparando l'arte della diplomazia. Dì quello che ti pare, ma stavolta è stato educato.

– È questione di persone. Padre Adriano è una persona che mi piace. Intelligente e positivo. Mica come quei due rintronati dell'altra volta. Tanto lo so che ti riferisci a loro.

I «loro» a cui si riferiva Massimo erano due personaggi che erano entrati, poco tempo prima, nel bar sbagliato al momento sbagliato. Per un momento, il pensiero di tutti gli astanti vagò all'indietro, al pomeriggio in questione.

A metà di quel pomeriggio, la porta del bar si era aperta, ed erano entrati due testimoni di Geova.

Sì, lo so che questo non è il modo di scrivere e di descrivere due personaggi all'inizio di una narrazione, ma facciamoci la seguente domanda: se vedete due uomini in giacca e cravatta, entrambi con una borsa di pelle, uno dei quali regge in mano un mazzetto di giornalini su cui campeggia minacciosa la scritta «Svegliatevi!», cosa pensate?

Guarda che bella cravatta?

Quest'uomo mi ricorda qualcuno?

No, no, fidatevi. La quasi totalità delle persone non classifica dette manifestazioni dei suoi sensi come persone, o vestiti, o altro: pensa semplicemente «Tò, c'è i testimoni di Geova» e, se può, cambia strada. Per cui, sarebbe ipocrita descrivere dettagliatamente questi personaggi, e spero che capirete la sincerità delle mie intenzioni. Se vi va bene, bene; altrimenti, lo scaffale con i gialli di P. D. James è nell'altra stanza, se volete ve ne presto uno.

Dunque, si diceva dei testimoni di Geova. I due si diressero al bancone, dove Tiziana li accolse con un sorriso e il suo solito:

– Buongiorno. Cosa prendete?

– Mah, io un'acqua tonica. Tu, Piero?

– Per me un tè freddo. Carino, questo posto.

Quasi in risposta all'apprezzamento di Piero, dalla sala biliardi arrivò una lunga, complicata e circostanziata accusa di incapacità verso un giocatore ignoto, che indicheremo genericamente come Xldo, e che venne chiusa e timbrata dall'accusatore (che chiameremo, sempre genericamente, Ympelio) con una bestemmia che non lasciava spazio all'immaginazione.

Tiziana continuò a sorridere, come il suo lavoro e la sua natura gentile le imponevano, ma in modo percettibilmente più tirato mentre diceva:

– Un tè freddo e un'acqua tonica. Subito.

– E mille scuse da parte della direzione – disse una

voce da sotto al bancone. – Sono vecchi. Ho tentato di eliminarli, ma il Wwf è contrario.

– Non fa niente – disse quello che non si chiamava Piero. – È una cattiva abitudine che in Toscana c'è sempre stata. Non è una bestemmia, è semplicemente maleducazione.

– Il Signore non ne terrà conto, quando finiranno gli ultimi giorni – ritenne necessario aggiungere Piero.

Da sotto al bancone emerse un Massimo incuriosito. Guardò i due, vide i giornalini e sorrise.

– Gli ultimi giorni? E quando sarebbero? – chiese, continuando a sorridere mentre Tiziana cominciava a guardarlo male.

– Ci siamo adesso, caro mio. I segnali sono inequivocabili.

– E come fa ad esserne sicuro?

– È tutto scritto nell'Apocalisse di Giovanni. Nella Bibbia. La descrizione è chiara, precisa. Ascolti: il primo segnale...

– No, mi scusi. Mi permetta di essere pignolo. Lei è sicuro che siamo negli ultimi giorni perché nella Bibbia c'è una descrizione degli ultimi giorni?

– Certo. Ed è estremamente chiara. Per esempio, lei vede quel che sta succedendo ai giorni nostri in Sudan, in Iraq, in Afghanistan? Ecco...

– No, mi scusi ancora. Con tutto il rispetto, lei si basa esclusivamente sulla Bibbia? Cioè, lei crede a tutto quello che c'è scritto nella Bibbia.

– Certo. La Bibbia è la parola di Dio.

– Allora, tutto quello che è scritto nella Bibbia è vero?

– Senza dubbio. La parola di Dio è verità.
– Mi permetta, allora. Dunque, quello che mi dite è che siamo negli ultimi giorni, giusto?
– È così. Guardi ad esempio...
– Mi faccia finire, per favore. Mi dite che siamo negli ultimi giorni perché nella Bibbia sono descritti gli ultimi giorni, e tutto quello che è scritto nella Bibbia è vero, giusto?
– Esatto. Se ad esempio...
– Mi presta la Bibbia, per favore? Ecco. Vangelo di Matteo. Capitolo ventiquattro, versetto trentasei. Gesù parla della venuta della fine del mondo. «Ma quanto a quel giorno e a quell'ora, nessuno li sa, nemmeno gli angeli del cielo». Anche il versetto quattro, che dice di non credere a chi predice la fine dei giorni, è interessante: «Badate che nessuno vi seduca. Perché molti verranno nel mio nome». Mi sembra chiaro. Nessuno sa quando sarà la fine del mondo. E non bisogna credere a chi dice che la fine del mondo è vicina, anche quando si presenta come emissario del Signore.
– Ma...
– Quindi, scusate, ma c'è una contraddizione. Se quello che c'è scritto nella Bibbia è tutto vero, siete degli impostori. Tiziana, smetti di darmi i calcetti nelle caviglie, non lo vedi che sto parlando con i signori? D'altra parte, se quello che c'è scritto nella Bibbia non è necessariamente tutto vero, siete degli illusi. In entrambi i casi, non vedo perché uno dovrebbe darvi retta.

Nel silenzio che si era concretizzato mentre ognuno ripensava all'episodio, il Del Tacca si era alzato faticosamente dal proprio posto e aveva riportato i propri centodieci chili nella sala biliardo. Dopo qualche secondo, mentre i vecchietti si guardavano l'un l'altro come a dire via, qui se non si ciaccia un altro pochino allora si torna di là a continuare la partita, il Del Tacca inaspettatamente ritornò indietro con un giornale squadernato di fronte a sé, camminando a piccoli passi strascicati. Sempre con il giornale aperto, poggiò con autorevole pesantezza il proprio posteriore sulla seggiolina di metallo, che si lamentò gemendo fievolmente.

Indifferente ai dolori della povera seggiola, Pilade continuò a guardare il giornale, fino a quando Aldo non ritenne opportuno intervenire:

– Pilade, quello è di ierilaltro.

– Lo so. Sono andato di là a pigliallo apposta.

Silenzio. È raro che Pilade faccia qualcosa senza motivo, specialmente se per farlo bisogna spostarsi. Per questo, Aldo si portò alle spalle di Pilade e si curvò verso il giornale, in una tacita richiesta di spiegazioni. Come risposta, Pilade indicò un punto sulla pagina, e subito dopo un altro, senza levare gli occhi dal giornale. Quindi, batté il dito più volte sulla pagina. E mentre batteva, il viso di Aldo cambiò. Una fuggevole espressione di sorpresa, che lasciò spazio quasi subito a una allegra incredulità.

– Non ci voglio credere.

– Credici credici – disse Pilade ghignando. – Ho ragione o no?

A questo punto, anche Ampelio si alzò e si andò a posizionare dietro il giornale, e il Rimediotti torse il magro collo da avvoltoio per visualizzare l'oggetto del contendere. A entrambi, Pilade indicò gli stessi due punti.

Mentre i due vecchietti tentavano di arrivare alla stessa conclusione di Aldo, Massimo gettò la spugna e si andò a posizionare anche lui dietro il giornale. Inutile continuare a fare la parte del Probo Cittadino che si fa gli Affari Suoi. Giunto in postazione, si curvò anche lui verso il giornale, e verso le due fotografie in cui spiccavano due particolari che Pilade indicava alternatamente, in modo ormai trionfale.

– Ta, e ta! Guardavì. Cosa ne dici, Massimo, ho ragione o no?

Massimo guardò meglio entrambe le fotografie.

E che cazzo. Hai ragione, sì.

Nella prima fotografia, Stefano Carpanesi stringeva la mano a un simpatizzante dall'aria gioiosa. Era ripreso di profilo, e dall'immagine spiccava in modo netto la curiosa morfologia dell'orecchio destro del candidato: di forma allungata, privo di lobo, con il padiglione auricolare appuntito, quasi da elfo, che svettava verso l'alto. Lo stesso identico orecchio che spuntava nella foto in basso, attaccato al cranio di un ragazzino efebico, con i capelli lunghi, dall'espressione vacua che spesso si vede nelle fototessere.

Sotto la prima foto, la magniloquente didascalia informava «Il candidato Stefano Carpanesi, qui con alcuni dei molti sostenitori che lo hanno atteso per manifestargli il loro appoggio, fuori dalla chiesa di Santa

Luce, dove si sono svolti i funerali del giovane Giacomo Fabbricotti».

La didascalia sotto la seconda foto era molto più essenziale.

Diceva semplicemente «La vittima, Giacomo Fabbricotti».

– M'è venuto in mente quando dicevate der Carpanesi – disse Pilade mentre si prendeva la ribalta che gli spettava con comprensibile soddisfazione. – La mi' moglie ha sempre detto che è un bell'omo, e io a certe cose 'un è che ci guardi tanto. Solo che iersera m'è capitato di guarda' alla televisione uno di que' telefirme di vent'anni fa, che gli garbavano tanto al mi' figliolo. Quello della nave che va nello spazio, dove cianno l'apparecchio che li sposta da un posto a un artro.

Nonostante questa scarna descrizione, era difficile che Pilade non stesse parlando di *Star Trek*. Il nostro però sgombrò il campo da ogni dubbio, continuando:

– In questo telefirme c'è un pilota che cià l'orecchi ritti come quelli d'un dobermann. E iersera, m'è capitato di penza' che quell'orecchi l'avevo visti di recente a quarcuno. Ma de', un po' che son vecchio, un po' che io memoria 'un ce l'avevo nemmen da giovane, non mi riusciva di riordammi a chie. Poi sono andato a letto e m'è passato dar capo. Quando prima Tiziana ha detto der Carpanesi, m'è tornato a mente. Allora sono andato di là per vede' se mi riordavo bene. E m'è cascato l'occhi anche sulla foto del bimbo. Ora, dimmi te se 'un sono uguali.

– Uguali spiccicati – confermò il Rimediotti, facendo su e giù col capo con convinzione. – Paiano babbo e figliolo.

Ampelio ridacchiò.

– O Gino, sarà 'r caso che tu la mattina ti svegli prima d'usci' di 'asa?

– 'Un ho capito – rispose Gino sporgendosi verso Ampelio.

È nova, disse Ampelio a mezza bocca.

– Te lo spiego io, Gino – disse Aldo prendendo il giornale dalle mani di Pilade e piegandolo con malagrazia, mentre Massimo rabbrividiva per il fastidio. – Il Carpanesi e la Corucci ner novantaquattro andavano a giocare al dottore nei campi. Giacomo Fabbricotti, che somiglia in modo impressionante al Carpanesi, è nato il primo marzo del novantacinque. Quanto fa due più due?

Sette

Il Secondo Assioma del Pettegolezzo stabilisce: «se è logicamente plausibile, allora è vero». Tra ciaccioni professionisti non servono prove per emettere il verdetto; quando un evento viene ricostruito in modo credibile, e a tutti i personaggi vengono attribuiti comportamenti coerenti, allora le cose sono andate come si dice noi, non c'è niente da fare.

Nel suo ruolo di giudice, con la stecca in mano al posto del maglietto, Aldo riepilogò la situazione.

– A questo punto, mi sembra tutto abbastanza chiaro. Il Carpanesi deve aver confessato a fratello Adriano di essere il padre naturale di Giacomo. E ora, con tutto il casino che è venuto fuori, il buon fratello Adriano lo va a dire a Fusco.

– È chiaro, de'– continuò Ampelio. – Lui è figliolo suo, e allora lei lo ricatta. Tutti que' vaìni su' conti correnti vedrai 'un voglian di' artro. E a un certo punto lui 'un ne po' più e l'ammazza!

– Sì, però allora io devo capi' una cosa – disse Pilade. – La gente le 'ose senza motivo non le fa. Allora, te lo ridìo: me lo spieghi perché Marina la Corucci seòndo te aveva bisogno di ricattare il Carpanesi?

– De', perché voleva vaìni. A certa gente i vaìni 'un gli bastan mai.

– Mah. A me mi pare tanto strano.

– Io però – disse il Rimediotti – 'un lo so mìa se la Corucci era tanto ricca. A questa gente ni garba le cose belle. Le macchine, tanto per dinne una. Invece lei andava a giro cor una Punto, e ortretutto di diecianni fa.

– Come dici?

– Guarda – disse Gino, prendendo il giornale, dove campeggiava la foto dell'automobile di Marina Corucci abbracciata a un pino. – Questavì è la macchina. La targa comincia con BC. Vor di' che è der dumila, se va bene.

– Va be', ma questo è normale – disse Aldo. – La gente ricca spesso tiene un'utilitaria. Per andare a fare la spesa, per esempio.

– Te, Ardo, il Fabbricotti non lo conoscevi bene. Lui da povero era diventato ricco, e a certe cose ci faceva attenzione. Ni garbava fa' vede' che ciaveva i vaìni. Si vestiva pareva Cheri Grènt. Figurati se alla su' moglie ni comprava la Punto. Se la su' moglie voleva una macchina piccina, ni comprava la Classe A della Mercedes, no la Punto. Secondo me, eh...

Silenzio sorpreso. Il Rimediotti ha ragione. Non succede spesso.

– Questa macchina vì è di diecianni fa – disse Ampelio cogitabondo. – Ir Fabbricotti quand'è morto?

– Mah, cinque o sei anni fa, ar massimo. Era l'anno che c'era le meduse, mi sembra.

– Era il 2002 – disse Pilade con sicurezza.
– Te lo rìordi così bene?
– Me lo ricordo sì. L'atto di morte l'ho archiviato io.
– E allora...
– E allora quella macchina lì l'ha comprata il Fabbricotti – concluse il Del Tacca con amarezza. – L'ha comprata lui perché ner dumila era sempre vivo.
– Tò, mi garbi – intervenne Ampelio con grazia, come al solito. – Guarda che ar mondo esistano anche le macchine usate.
– Ha ragione Ampelio – disse Aldo. – La Corucci potrebbe anche aver comprato quella macchina in seguito, e averla comprata usata. E ha comprato quella perché...
– Perché era alla canna der gasse! – concluse Ampelio trionfalmente. – 'Un ciaveva uno per fa' due, e ni serviva la macchina. E se sei colle toppe ar culo vedrai la Mercedesse 'un te la 'ompri.
– A me mi sembra tanto strano.
– Ora te lo rispiego. Se...
Il settanta per cento della comunicazione umana è non verbale. Quando Bill Clinton disse «non ho mai fatto sesso con quella donna» le sue mani, che si allontanavano dal corpo con le palme rivolte verso il basso, stavano comunicando «sto dicendo una bugia». Quando la nostra ex fidanzata, seduta sul divano, teneva braccia e gambe strettamente incrociate mentre le spiegavamo perché avevamo tenuto il cellulare spento per tutto il pomeriggio, ci stava comunicando «stai attento, bello, non sono così scema come credi. Lo so benissi-

mo con chi eri e cosa facevi, e appena ti zittisci ti inchiodo».

Quando Tiziana guardò Massimo fuggevolmente, puntando lo sguardo alternativamente sui vecchietti che discutevano cercando di stabilire se la Corucci fosse ricca o povera, su Massimo e sulla propria persona, stava chiaramente dicendo «ti prego Massimo, lo so che ho promesso di non dire nulla ma io lo so come stanno le cose, tipregotipregotipregoglielopossodire?».

E a uno sguardo di Tiziana di sotto in su, Massimo non era in grado di resistere.

– Ora ve lo spiega Tiziana, cos'è successo – disse Massimo andando dietro al bancone.

– Tiziana? – chiese Aldo.

– Ah-ah. Godetevi lo spettacolo, io l'ho già visto in prima serata.

Erano passati dieci minuti. Tiziana aveva raccontato il pomeriggio dal notaio, i vecchietti ammutoliti, che ascoltavano con un'espressione di rapito trionfo. Al termine, avevano fatto due conti in tasca al Fabbricotti. Avevano calcolato quanto potesse essere la legittima spettanza, avevano descritto e commentato la vita della defunta e avevano emesso la sentenza.

La Corucci era povera. Lo dicevano il tenore di vita, l'automobile da pochi soldi e soprattutto la tremenda capacità di deformazione della realtà che conferisce la convinzione. E quindi il verdetto era stato emesso. Inps dixit.

Mentre i giudici posavano le loro immaginarie toghe per tornare ad essere dei semplici senatori con la passione del biliardo, Aldo prese il giornale e lo guardò, scuotendo la testa.

– Certo che è curioso come funziona il cervello. L'altro ieri ho guardato quelle foto una decina di volte, e non ci ho mai fatto caso.

Subito dopo aver fatto questa osservazione, tirò fuori le sigarette e se ne accese una con nonchalance. Massimo, ormai consapevole che quel giorno le regole non era il caso di ricordarle, stese la mano e se ne prese una, in modo quasi automatico.

– Mica tanto strano. Uno per vedere le cose deve sapere cosa cerca.

– Certo – disse Aldo. – Come i due poveri testimoni di Geova, che cercavano solo di regalarti il paradiso. E te li hai mandati all'inferno.

– Guarda, lì comunque sei stato veramente maleducato – disse Tiziana. – Poverini, loro avevano intenzioni buone. Ma che male ti facevano?

– Sono fanatici. Io non sopporto i convinti.

– Allora evita gli specchi – disse Aldo posando la stecca sul tavolino.

– Rimettila di là immediatamente. E il prossimo che lascia una stecca in giro lo appendo per i pollici.

Aldo andò a rimettere la stecca a posto, e Massimo lo attese finendo il tè freddo.

– Non mi sono spiegato bene, Aldo. Sono fanatici religiosi. Io non sopporto le religioni. Impostare la propria vita senza mai farsi venire un dubbio è da deficienti. Se poi la imposti su dei dogmi di carattere religioso è anche peggio. Il mondo migliorerebbe senza religione.

– Mi sembri scemo – intervenne il Del Tacca, sputando col garbo consueto le parole come se fossero proiettili attraverso la cerbottana della sua Stop senza filtro. – Il mondo migliorerebbe senza religione, de'. Le regole ci vogliano. Poi dipende da che regole. Devi ammette' però che se tutti si comportassero da cristiani, ir mondo sarebbe parecchio migliore.

– Giusto – disse Tiziana. – Sarebbe un mondo perfetto.

– E chi lo dice? – chiese Massimo versandosi un altro bicchiere di tè freddo.

– De', logicamente – disse il Rimediotti. – Dai delle regole, se le regole sono bòne e tutti le seguano, le cose vanno bene per forza. È quando non le seguano, che succede casino.

– Giusto – disse Ampelio. – Quando 'un segui le regole succede casino. Io presempio 'un dovrei fuma'. E siccome ciò il diabete, dovrei sta' a dieta. A senti' ir dottore dovrei esse' stiantato da diecianni. Invece ciò ottantatré anni e vado ner culo a lui e alle regole, e intanto son sempre qui.

– Non è che questo sia per forza un fatto positivo – disse Massimo. – Ad ogni modo, è il principio che è sbagliato. Non è detto che da regole buone nasca per forza il bene.

– In che senso, scusa? – chiese Tiziana.

Massimo posò il bicchiere e si accese un'altra sigaretta. Tanto, ormai. Vai, si dissero in coro le facce dei vecchi, ora ci tocca la conferenza.

– Io sono un matematico. La matematica è lo studio delle regole, e delle implicazioni che queste regole hanno. Prendiamo un gioco a caso: che so, gli scacchi, o il monopoli.

– O la rava – disse Ampelio.

– No, atteniamoci agli scacchi, è meglio. Le regole degli scacchi sono semplicissime: in primo luogo, i pezzi non si possono oltrepassare. Il pedone si muove solo in avanti di una casella, di due in apertura. Il re di una casella in tutte le direzioni, l'alfiere in diagonale di quante caselle vuole, il cavallo deve descrivere una «L» di due caselle in una direzione e una nell'altra. E infine, la donna può muoversi nella direzione che vuole di quanti passi vuole. Semplicissimo, no? Eppure, da queste regole viene fuori una partita a scacchi. Ovvero, un'infinità di combinazioni possibili, una miriade di tattiche e strategie plausibili, un coacervo di complessità senza uguali. In poche parole, un casino mostruoso in cui mettere le mani è difficilissimo.

– E mi sembra anco ir minimo – disse Ampelio. – De'. Da che mondo è mondo, dove la donna pòle fa' quer che gli pare viene sempre fòri un casino che la metà basta.

– Insomma, quando hai a che fare con un insieme di oggetti il cui comportamento sia vincolato da regole, e anche quando tutti gli oggetti, o individui, seguono le regole alla lettera e non possono eluderle, la semplicità non esiste. Da regole semplici può nascere un casino impossibile da prevedere semplicemente ragionando sulla base delle stesse regole che lo hanno creato. O lasci evolvere il sistema che le regole creano, oppure non puoi giudicare a priori.

Massimo si versò ancora un po' di tè e si appoggiò con le spalle alla colonna dietro il bancone. Approfittando dell'attimo di silenzio, Ampelio disse:

– Intanto che le cose evorvano, me lo faresti un caffè?

– Oltre a questo, la religione non mi piace perché non è libertaria: il motto della religione cattolica è «non fare al prossimo quello che non vorresti fosse fatto a te», che però spesso diventa «tratta gli altri secondo i tuoi parametri di giudizio» – continuò Massimo servendo il caffè ad Ampelio. – Quindi, estremizzando, ti importa una sega di quello che pensano gli altri: quello che va bene a te deve andare bene anche a loro. Questa è intolleranza. E il fatto che in linea di principio i parametri di giudizio di un devoto sono, teoricamente, ottimi, non mi rassicura affatto. Da principi giustissimi, equi e – in linea teorica – ideali, gli uomini sono in grado di sviluppare, con il loro comportamento quotidiano, che non è fatto di regole teoriche, ma di problemi, di passioni e di desideri, dei veri e propri abomini. Un po' come il socialismo reale. Ora, va tutto bene se tu sei una persona normale, equilibrata e buona. Ma se sei un masochista? Se sei un vegetariano? Se sei un enorme stronzo?

Massimo tornò dietro al bancone.

– Non puoi pensare che quello che va bene a te vada bene anche per gli altri. Questo atteggiamento parte dal presupposto che quello che va bene a te è giusto, cioè che i tuoi valori sono quelli giusti. Primo, chi te lo dice che sono quelli giusti?

– La Bibbia? – azzardò il Del Tacca.

– La Bibbia, certo. Lo stesso libro che dice che il Sole gira intorno alla Terra, la quale avrebbe circa diecimila anni di età. In un testo che fornisce queste informazioni, se permetti, io non nutro una fiducia incondizionata. E non ti credere che parli a vanvera, perché la Bibbia la conosco bene. Credo di avertelo dimostrato, qualche settimana fa.

– E come mai te conosci la Bibbia così bene?

– Perché ho fatto il catechismo. Ho fatto il battesimo, la comunione e la cresima, e ho passato tutti e tre gli esami.

– Se è per quello ti ci sei anche sposato, in chiesa – mise bocca Ampelio. – Ma lì mi sembra che t'abbino rimandato a settembre.

– Inoltre – continuò Massimo con indifferenza dopo aver spento la sigaretta nel caffè di Ampelio – l'ho letta, la Bibbia. Non come tanti parrucconi che vanno in chiesa a biascicare rosari. Ed è un libro interessante. Meraviglioso, in certe parti. E fondamentale, perché gran parte della nostra cultura e della nostra educazione vengono da lì.

– Ah, e c'è scritto che devi rovina' 'r caffè ar tu' nonno nella Bibbia?

– No – disse Aldo mentre si metteva a sedere – c'è scritto che c'è un tempo per parlare e un tempo per tacere. È un passo molto significativo, te lo consiglio.

– Insomma – riprese Massimo – il principio per cui devi essere tu a regolare la vita degli altri in base ai tuoi parametri di giudizio non mi piace. Pensa a una nazione in cui tutti ci dovessimo comportare come piace a mio nonno. Primo, nessuno leggerebbe più un libro. Secondo, vista la propensione di mio nonno al lavoro, la nazione fallirebbe in dodici secondi esatti.

– Guà! Ha parlato il compagno Stakanov! Io ho lavorato trent'anni per mantene' la tu' mamma e falla studia'.

– Terzo – continuò Massimo – nessuno considererebbe l'esistenza degli altri. E questo sarebbe il problema principale.

– Detto da te fa un po' specie – disse il Del Tacca.

– Per nulla – rispose Massimo. – Io non ho niente contro le altre persone, finché si comportano in modo razionale e non travalicano la mia libertà. Il che avviene piuttosto di rado, questo te lo concedo. Ma il punto non è questo. Il punto è che, se si vuole stare al mondo, bisogna per forza tenere conto del fatto che esistono più o meno altri sei miliardi di persone che dovrebbero avere i tuoi stessi diritti. Allora, se proprio bisogna seguire un principio, mi sembra più giusto tenere presente questo. La tua libertà finisce dove inizia quella degli altri. Mi sembra più promettente, in linea di principio.

– Belle parole, Massimo. Davvero – disse il Del Tacca. – Allora mi spieghi perché quando uno ti chiede un cappuccino all'ora sbagliata se gli va bene si becca un tè freddo, e se gli va male lo mandi in culo?

– Be', io ti ho enunciato il principio. Non ho mica detto che sia facile applicarlo, o che io lo applico sempre alla lettera. Non sono mica il Messia, io, o il Papa. Sono un barrista. Tu però sei libero di andare in un altro bar. Non è che io ti seguo e ti impedisco di prendere il caffè in altri bar, o a casa tua. Ti rompo i coglioni, perché vai contro la mia convinzione che prendere il cappuccino dopo mezzogiorno sia da procarioti, ma non ti impedisco di fare nulla. Invece, se sono cattolico e ritengo, ad esempio, che la fecondazione eterologa sia peccato, cosa faccio? Invito la gente a non andare a votare al referendum, così per quella che è una mia convinzione tu non puoi fare la fecondazione eterologa. È l'equivalente di seguirti a casa e impedirti di prendere il caffè. Interagisco con la tua libertà, o no?

– Ha ragione ir bimbo – disse Ampelio. – Oramai la Chiesa è diventata la sòcera dello Stato. Come viene fòri una legge loro subito a ciaccia'. Questo s'è sempre fatto così, questo 'un si fa, quell'artro nemmeno. Come ti mòvi per conto tuo è peccato. Sembra 'un ciabbiano artro da fa' che penza' all'embrioni.

– Ma quelle sono le loro convinzioni. È quello in cui credono. Non puoi mica chiedere al Papa di non parlare del diritto alla vita, scusa – disse Tiziana mentre finiva di pulire alcuni vassoi. – È chiaro che se la cosa più importante per lui è il diritto alla vita, lui difende la sua posizione.

– Mi sembra che lo faccia in modo un po' curioso. A dir poco. Permettimi una domanda, Tiziana: perché il Papa non vuole che facciamo sesso col preservativo?

– Perché non nascerebbero dei bimbi – interloquì Aldo. – Il che sarebbe un peccato, guardando Tiziana, e un sollievo pensando a te. Quindi, mi sembra una posizione equilibrata.

– Giusto. Non nascerebbero dei bimbi. Non si procreerebbe. Però... – e qui Massimo stava per dire che si godrebbe parecchio, ma il pericolo di ricevere una vassoiata da Tiziana era concreto – ... insomma, ci sarebbe solo il piacere. Il piacere senza lo scopo per il quale è stato concepito. Giusto?

– Esatto.

– Quindi, scusa se riassumo, se io faccio qualcosa per il solo mio piacere personale, senza alcun altro scopo, questo la Chiesa lo disapprova?

– Certo. Lo chiama vizio – disse Aldo.

– E se questo atto, che mi porta piacere, fosse anche rischioso per la vita mia e degli altri, come la mettiamo? Sono un vizioso e metto a rischio la vita degli altri. È peggio o no che trombare col preservativo? Sono due cose contro una.

– Be', direi che è peggio.

– Allora perché stracazzo il Papa mi rompe sul preservativo, e non mi dice di non fumare? Perché se la prende tanto col sesso? Io provo piacere, la persona con cui lo faccio prova piacere, siamo contenti tutti e due, non abbiamo fatto male a nessuno, e secondo il Papa questo a Dio dispiace? Ma come cazzo è possibile? Secondo questo ragionamento Dio ce l'avrebbe con noi, per il Papa. Non è logico. Non mi torna. Non dovremmo essere i suoi figli prediletti? Allora, se mio figlio giocasse con i suoi amichetti senza rompere le finestre al vicino e i coglioni al babbo, e si divertisse, io sarei contento. Figuriamoci Dio, che di figli ne ha sei miliardi. Almeno due che non gli danno pensieri.

Massimo guardò i vecchi, che a loro volta lo guardarono con comprensibile apprensione.

Quando Massimo partiva su questo argomento, tentare di fermarlo era pressoché impossibile. Soltanto l'esplosione di un ordigno nucleare avrebbe potuto riuscirci. Il Rimediotti, che era ottimista per natura, tentò un diversivo leggendo ad alta voce dalla «Gazzetta»:

– «Urca, quel Gourcuff. Dribbling e classe sotto le luci di coppa. Il bèbi talento francese mette d'accordo tutti». Ma l'avete visto come giòa questo peneròne? Guarda, io ieri...

Massimo si assentò, cominciando a stare dietro ai suoi pensieri mentre il suo sistema parasimpatico continuava a dare ordini al proprio corpo di mettere le bottiglie grandi dietro quelle piccole. Come sempre quando si entrava in quel genere di discussioni, Massimo era consapevole del fatto che nessuno dei due avrebbe cambiato opinione sull'argomento.

Questa cosa a Massimo faceva rabbia: constatare che è difficile far cambiare opinione alle persone, anche nei rari, rarissimi casi (di cui questo non faceva parte) in cui si ha ragione al cento per cento. O meglio: constatare che su certi argomenti la gente non può cambiare opinione, perché non è disposta a ragionarci sopra. Farsi domande sincere, dirette, e tirare conclusioni che magari mettono in dubbio gran parte del modo in cui hai vissuto fino a quel momento. Su alcuni argomenti – religione e politica, prima di tutto – molte persone non vogliono ragionare semplicemente perché hanno paura.

Paura di scoprire che le certezze a cui si sono affidate in realtà non sono fortezze della Verità, ma piccoli e micragnosi dogmi postulati da persone affette da nanismo morale, che prendono messaggi meravigliosi e pieni di speranza come quello di Gesù Cristo e lo riducono in regole, precetti e proibizioni; gentucola incapace di vedere l'uomo in tutta la grandezza della sua intelligenza, e buona solo a infilare il proprio pastorale tra le ruote del progresso.

E invece di scoppiare di rabbia nel prendere consapevolezza che sono state immondamente prese per il culo da questi fiscalisti dell'anima, e liberarsene a calci nel medesimo per poter finalmente fare come davvero ha detto Cristo, molte persone hanno paura. Paura di abbandonare una religione che spesso è abitudine, e che per la sua stessa natura di abitudine è rassicurante. Paura di poter essere mal giudicate, secondo gli stessi criteri viziati, dalle persone che conoscono. Paura di potersi sbagliare proprio a pensare che si è sbagliato in precedenza – chi sono io per giudicare una religione, in fondo – e quindi paura di affidarsi ad un rimedio peggiore del male.

Paura di essersi sbagliate.

I pensieri di Massimo continuarono a vagare.

Non capisco che cosa c'è di vergognoso nello sbagliarsi. Sbagliare è umano. Un esperto è uno che ha fatto tutti gli errori possibili nel suo campo, e se li ricorda tutti uno per uno. Sbagliando si cresce. Perché allora uno ammette di potersi sbagliare quando fa un dolce, e crede di essere infallibile quando giudica le azioni dell'essere umano secondo il pensiero di Dio? Ovvero, secondo qualcosa che lui, in quanto umano, non dovrebbe essere in grado di padroneggiare così agevolmente?

Massimo scosse la testa, mentre continuava a levare le bottigliette dalle casse e a metterle in frigo. Io ho le mie convinzioni. Gli altri hanno le loro. Finché non mi rompono i coglioni, o io non rompo i coglioni agli altri, vanno tutte bene. Arancia, ananas, papaia, pesca, tropical. Il chinotto dove lo metto? Là dietro a tutto? Ma sì, va bene. Tanto lo bevo solo io.

Massimo mise le bottigliette di chinotto in fondo al frigo e cominciò a organizzare una compatta muraglia di bottigliette di Schweppes a loro difesa. Dal meno venduto al più venduto, certo. Quindi chinotto, acqua tonica, coca.

– Ah, Massimo, per favore...

– Un attimo Rimediotti, finisco qui e sono da lei.

– Sì, ma...

– Abbia pazienza ma sennò non finisco più. Due minuti. Tiziana non c'è?

– No, è fuori ai tavolini. Se intanto...

– Due minuti soli e arrivo.

E abbi pazienza due minuti, santo dio. Sono qui chinato, lo sai che mi fa male la schiena, e allora aspetta un secondo, no? Madonna che generazione di viziati. Non hanno mai fatto un tubo in vita loro, hanno sposato delle schiave che in casa facevano tutto senza che loro dovessero alzare un dito, e oramai sono abituati così. Io schiocco le dita e te corri. Stai facendo qualcosa? Son cavoli tuoi. Ti disturbo? Pace. E un minimo di attenzione a quel che stai facendo, mai. Ora finisco e poi ti do retta, eh?

Massimo finì di mettere l'ultima bottiglia nel frigo e lo guardò. Bello, preciso, ordinato. Una gioia per gli occhi.

Peccato che qualcuno prima o poi avrebbe chiesto una bottiglietta e avrebbe sciupato tutto. La cosa lo disturbava lievemente. Un po' come quando, da piccolo, Massimo apriva un barattolo nuovo di Nutella. Gli piaceva tantissimo l'aspetto liscio e compatto della superficie, con quel piccolo fiore appena accennato in mezzo che veniva lasciato dall'erogatore, e gli dispiaceva affondarci dentro il cucchiaino e rompere quella meravigliosa simmetria. Via, sentiamo cosa vuole 'sto vecchio.

– Mi dica Rimediotti.

– Ora però 'un t'arrabbia', eh.

– Perché mi dovrei arrabbiare?

– De', io volevo un chinotto...

Otto

– Piacere, Enrico Cellai.

– Piacere, Tiziana Guazzelli.

– Allora, eccoci qua. Se siete d'accordo direi di entrare e di dare un'occhiata all'appartamento. Se il dentro le piace, poi vediamo un attimo l'esterno.

– Vediamo allora se il dentro ci piace.

– Non cominciamo a rompere subito le scatole, Massimo, per favore. E poi non può non piacerle. È un gioiellino.

In fila dietro a Tiziana e ad Enrico, uno dei pochi amici del liceo che aveva continuato a frequentare anche in seguito, Massimo attraversò il cancello che l'amico tenne loro aperto ed entrò in giardino, chiedendosi cosa cavolo ci facesse lì. Tiziana era stata perfidamente intelligente: aveva fissato l'incontro per mercoledì, giorno di chiusura del bar, e prima di fissarlo si era accertata con cautela che Massimo non avesse nulla da fare per quel giorno. Dopodiché, aveva chiesto a Massimo di accompagnarla. In fondo, il Cellai era suo amico e in queste cose un amico non guasta mai. Io però devo fare la spesa, aveva tentato di difendersi Massimo. E dopo ti accompagno io e ti do una mano, gli aveva detto Tiziana. Fregato, aveva pensato Massimo.

– Bene – disse Enrico. – Il giardino è tutto di proprietà dell'appartamento. Ci si accede direttamente dal salone e dalla cucina. Qui intorno è tranquillo, non si sente un rumore. Di primavera uno si mette qui, con la sua sdraio e qualcosa da leggere, e sta da papa.

Mentre attraversavano il giardino, Massimo cominciò a pensare a quando aveva cercato casa con la propria ex moglie, quella maiala. Avevano visto insieme qualcosa come tremila appartamenti, accompagnati da agenti immobiliari di ogni tipo, dai seri professionisti (pochi) agli sciacalli. Avevano imparato a districarsi nel gergo di questi ultimi, che si dipanava sempre intorno a un certo numero di formule invariabili, le quali venivano usate in modo disinvolto e andavano sempre interpretate o completate: «in zona appartata ed esclusiva» (la casa è su un cocuzzolo con vista sulla discarica), «stile rustico con mattoni e travi originali» (rudere tenuto su dalla muffa) o «storico palazzo con affreschi del diciottesimo secolo» (le tubature sono del sedicesimo). Avevano imparato a non fidarsi di quello che leggevano, di quello che sentivano e talvolta anche di quello che vedevano. Finché non si erano rivolti ad Enrico.

L'agente immobiliare aprì il portoncino blindato e fece entrare Tiziana e Massimo in un salone buio, dal vago odore di chiuso.

– Si entra direttamente in sala, come vedete. Un attimo che apro, così diamo un'occhiata per bene.

Mentre Massimo si guardava intorno in modo distratto, Enrico si diresse verso dei finestroni in fondo al salone, li aprì e spalancò le gelosie con gesti rapidi e precisi. La stanza si inondò di luce.

Enrico non usava sotterfugi. Invece di «rustico» diceva «catapecchia», invece di «funzionale» diceva «sullo stradone» e invece di «c'è qualche lavoretto» diceva «dovreste buttarlo giù con la ruspa». E se Enrico diceva «gioiellino», intendeva «gioiellino». Come in questo caso.

Il pavimento era in parquet, chiaro ed opaco, a listoni larghi. Il soffitto era basso. Una parete era fatta da un'unica porta scorrevole, alla giapponese. La parete accanto aveva un camino in muratura. Anche la cucina, che stava nello stesso ambiente del salotto, era in muratura. Dal finestrone, di fronte alla cucina, si vedeva il prato, verde e luccicante.

Un gioiellino.

Dato che Massimo e Tiziana rimiravano, Enrico continuava a parlare:

– La casa è degli anni novanta. Il progetto è dello studio Archè, una delle prime case che hanno fatto prima di diventare famosi. Come ditta, è stata costruita dalla Famor. Con loro si può mettere la mano sul fuoco. Materiali eccellenti, attenzione al particolare, tutto.

Mentre Enrico continuava a parlare, Massimo si era diretto verso la porta scorrevole, e l'aveva aperta con delicatezza (in fondo, mica era casa sua); dietro la porta, c'e-ra un'unica stanza, enorme, con una porta sul fondo. Aperta la quale, Massimo vide un piccolo bagno con lavabo, tazza e una doccia idromassaggio ultratecnologica.

Un gioiellino.

Mentre tornavano indietro, in automobile, Massimo e Tiziana si erano rimessi a parlare. Della casa, no: una volta usciti, Tiziana aveva fatto la fatidica domanda, ed Enrico aveva sparato la cifra. La cifra era alta, almeno cinquantamila euro sopra quanto loro si potevano permettere. E la casa era piccola: una casa da single, o da coppia senza prole. E la cosa non era nelle intenzioni di Tiziana.

– Ma allora perché l'hai voluta vedere? – chiese Massimo guardando la strada.

– Perché ero curiosa di vedere una casa così. Mi immaginavo che dovesse essere bella. Da come l'aveva descritta, mi sembrava stupenda. E quando c'entro, io, in una casa bella in quel modo?

Io non le capirò mai, le donne.

– Del resto, uno non diventa ricco a caso. Il Fabbricotti tutti i suoi soldi se li era meritati, se lavorava così.

– Cosa c'entra il Fabbricotti?

– Eh, l'ha detto il tuo amico. La ditta era sua. La Famor. Sta per «Fabbricotti e Morellato». Ci lavorava anche un mio amico, anni fa. Faceva l'idraulico. Mi ricordo che lo facevano impazzire, e guarda che lui era uno bravo. Certo, poveraccio...

– Chi, il tuo amico? Ha avvitato male un tubo del sedici e lo hanno giustiziato nella vasca del cemento?

– Ma no, Massimo. Parlavo del Fabbricotti. Prima la malattia, poi la scoperta del figlio... sono legnate, pover'uomo.

– Più che altro sono supposizioni, Tiziana. Va bene che Giacomo e il Carpanesi sono uguali spiaccicati, ma questo non vuol dire. È molto probabile, ma non è sicuro che siano padre e figlio. Inoltre, non è detto che il Fabbricotti avesse scoperto che il Carpanesi era il padre di Giacomo.

Ma per cortesia, disse la coscienza di Massimo alla logica dello stesso suo proprietario.

– Chi fosse il padre di Giacomo, magari no. Ma che non era figlio suo, il Fabbricotti lo sapeva. Me lo ha detto il tuo amico ora ora, mentre girellavi per la casa.

– Ah. E cosa ti avrebbe detto Enrico?

– Mi ha raccontato la storia del Fabbricotti.

Tiziana si tirò su i capelli per legarli (purtroppo Massimo stava guardando la strada) e cominciò a raccontare:

– Pare che dieci anni fa il Fabbricotti padre avesse scoperto di avere questa malattia neurologica, il morbo di Hunting, se ho capito bene.

– La còrea di Huntington. Ho capito. È una malattia orrenda.

– Puoi dirlo forte. Perdi il controllo del corpo, dei muscoli, degli occhi... va be', insomma, la cosa brutta è che è ereditaria. Se hai figli...

– Hai il cinquanta per cento di probabilità che i

tuoi figli la abbiano ereditata. Lo so. È un carattere genetico dominante.

– E bravo. Visto che sai tutto allora dimmi anche cosa è successo dopo – disse Tiziana un po' acidetta.

– Non so. Posso solo presumere che il Fabbricotti sia andato a farsi fare una mappatura genetica, e che l'abbia fatta fare anche al figlio. E che sia saltato fuori che Giacomo non era suo figlio naturale.

– Proprio così. Il tuo amico mi ha detto che il Fabbricotti era sconvolto. Pare che questa dottoressa nello stesso giorno gli abbia detto che aveva questa malattia e che Giacomo era un corno, pensa te. Roba da suicidio. Comunque, resta che il Fabbricotti padre sapeva. Non mi stupisco che abbia fatto quel che ha fatto.

In effetti, pensò Massimo, nemmeno io.

Quella sera, non era andato niente per il verso giusto.

Tornato a casa, Massimo si era installato sul divano per la sua sessione settimanale di PlayStation; ma il suo spettacolare quanto improbabile Torino (in cui schierava Ronaldinho al fianco di Pulici) non era andato oltre l'uno pari contro l'odioso Chelsea.

Dopodiché, Massimo si era messo a cucinare.

Ingredienti (per quattro persone): 350 g di pennette – 4 pere varietà Decana del Comizio – 150 g di spada affumicato – 200 g di caprino – 1 limone – pepe nero – sale – olio extravergine di oliva.

Oh, eccoci. Dunque, le pennette ce le avevo e lì ci siamo. Spada affumicato, eccoci. Chissà perché poi «spada» e non «pesce spada». Hanno paura che uno capisca? Spero di non trovare mai «4 fettine di palla» in una ricetta. Dovrebbe essere pesce palla, ma non si sa mai. Caprino, ce l'ho. È confezionato, ma pazienza. Limone, l'ho preso dal bar, bello originale di Erice, senti lì che profumo. Pere Decana, eccole qua. Con tutto quello che mi ci è voluto per farmele dare da quella stordita del banchetto di verdura, lì al mercato.

– Volevo delle pere Decana del Comizio.

– O cosa sono?

– Mah, credo pere. Altrimenti le avrebbero chiamate susine, o abeti, dipende.

– No, come son fatte? Io 'un lo so come son fatte, 'un l'ho mai sentito codesto nome. Ho le pere cosce, le pere spadone, le pere sangermane...

– Non lo so come sono fatte. Sulla ricetta c'è scritto pere Decana del Comizio.

– Ah, per una ricetta? Mah, guarda un po' se le vedi qui... io 'un lo so...

E nemmeno io lo so, brutta cretina, te l'ho appena detto, pensò Massimo.

– Comunque dammi retta, ho le pere cosce che sono speciali, bòne da mori'. Quante ne vòi, quattro o cinque? – E la tipa era partita a riempire un sacchetto di carta con piglio sicuro. Massimo si era guardato intorno, ma Tiziana era già entrata dal panettiere.

– No, un attimo. Siccome è una ricetta che non ho mai fatto, vorrei essere sicuro che le pere siano quelle giuste. Sa, è una cosa piuttosto strana, magari il tipo di pera è importante.

– Oh, ma queste vì son bone, eh? Ti dìo sono speciali!

E nemmeno te mi sembri troppo normale, si disse Massimo. – No, non mi sono spiegato...

– Scusi, permette? – disse con accento vagamente padano una signora ingioiellata che era arrivata poco dopo Massimo.

– Prego.

– Le pere Decana sono quelle là.

– Ah, queste? – La signora del banchetto le guardò come se potessero cambiare forma. – Mah, io l'ho sempre chiamate pere tonde.

E hai sempre sbagliato, pensò Massimo.

– Quante ne vòi, quattro o cinque?

– Due, signora, grazie.

– Due sole? Tieni. E dopo?

– Va bene così. Quant'è?

Mettete sul fuoco abbondante acqua salata e portatela al bollore. Nel frattempo, sbucciate le pere e riducetele a tocchetti. Bagnate i tocchetti col succo di limone per non farli annerire.

Allora, si mette il sale nell'acqua. Un pugnetto così andrà bene? Sì, vedrai che va bene. Fatto. E poi ci si accende il fuoco sotto. Fatto anche questo. Adesso? Adesso prendo una pera e la sbuccio. Vediamo un po' quanto riesco a fare lunga la buccia senza romperla. Hmm. Ecco, s'è rotta. Aspetta, riprovo. Se lascio fermo il coltello e ruoto la pera dovrebbe essere più facile. Eh sì. Ora sì. Ma Cristo santo. Va be', non credo che per la ricetta sia fondamentale sbucciare la pera in modo artistico. Ecco, adesso a tocchettini. Succo di limone e via. Lo spremo a mano? Ma sì. Aspetta, ci è cascato dentro un seme. No, due. Leviamoli, sennò dopo ci lascio un dente. Ma cacchio se sfuggono. Sembrano unti. Ooh, vai. E ora?

Riducete lo spada a listarelle, quindi mettetele da parte.

Questo è facilissimo. Si mette il pesciaccio sul tagliere, e via. O perché si attacca al coltello? Lo deve fare? Molla. T'ho detto molla. Oooh. Ma guarda lì come s'attaccano. Che faccio, li lascio stare? Ma sì, dai. Vedrai che mescolando si staccano.

Lavorate il caprino a crema con 2 cucchiai di olio e abbondante timo fresco.

Allora, il caprino dentro la ciotola. Questa andrà bene? Sì, perfetta. Due cucchiai d'olio, figurati. Faccio con la bottiglia. Porca vacca, quanto ce n'è andato. E ora? Ma se ci tuffo un angolo di carta assorbente? Così, ecco. Guardalì che ganzo che sono, è venuto via quasi tutto. Chissà se qualcuno ci ha mai pensato prima?

Fate cuocere la pasta e scolatela al dente.

E questo dovrebbe essere davvero facilissimo. Si prende la scatola di pennette, si apre e si schioccano dentro l'acqua. Bolle l'acqua? Bolle, bolle. Tre, due, uno, e giù. Adesso regolo il timer e... O cazzo. E questi affarini neri cosa sono? Insetti?

Non ci credo. Ma dove cavolo erano? Nella pasta? Eh sì. Guardalì, c'è pieno. Ma com'è possibile? È scaduta? Fammi vedere un po'. Da consumarsi entro: vedi sopra. Sopra dove, Cristo? Vi faceva schifo scriverlo direttamente accanto? Ecco, qui. Dicembre 2006. Porca puttana. E ora? E ora cerchi un altro pacco di pasta, demente. Vivi qui da otto anni, ce l'avrai in casa un pacco di pasta sano.

Aggiungete la crema di caprino, le pere e lo spada a listarelle. Buon appetito!

– Ristorante Boccaccio. Buonasera.
– Pronto, Aldo. Sono Massimo.
– Ciao Massimo! Com'è? Tutto bene?
– Come no. Ce l'hai un tavolo libero?

Dopo la cena al Boccaccio, nel corso della quale si era consolato con le delizie di Tavolone accompagnate da due o tre bicchieri di ribolla gialla di Gravner (Aldo serviva al bicchiere dei vini da urlo), era tornato a casa. Dove, appesantito dal cibo e cullato dal vino, si era messo a letto, certo di crollare pressoché subito addormentato del sonno del giusto.

Macché.

Dopo due ore di lotta libera con le lenzuola, si era arreso e si era alzato. Aveva provato a leggere un po', ma senza risultati. Il fatto era che quella parola pronunciata da Tiziana in auto stava continuando a trivellargli il cervello da tutta la sera. Mentre cercava di crossare per la testa virtuale di Pulici, mentre tentava di cucinare, mentre tentava di addormentarsi, quella parola continuava a girargli intorno e a sfuggirgli. Dopo qualche minuto, arrendendosi alla propria inquietudine, si era messo al computer e aveva aperto il motore di ricerca, sul quale aveva digitato due semplici termini. E, dopo aver letto l'articolo di Wikipedia relativo a quei due termini, la parola gli era tornata in mente.

I termini erano «còrea Huntington». E la parola era «dottoressa».

– 'onto.

– Pronto, Tiziana?

– 'i. Chi è?

– Sono Massimo.

– Massimo.

Silenzio.

– Massimo, sono le due e venti.

– Lo hanno inventato anche da me l'orologio, grazie. Ascolta, ho bisogno di un favore. Sei bene sveglia?

– Adesso sì.

– Ascolta bene, allora. Tua zia lavora sempre dal notaio Aloisi?

– Zia Gemma? Sì. Credo di sì.

– Bene. Domani, dovresti chiederle un favore. Dovresti chiederle di dare un'occhiata all'incartamento del Fabbricotti e a tutti i documenti in allegato. Insieme al resto, ci dovrebbe essere anche una perizia psichiatrica, o qualcosa del genere.

– Eh? E te come lo sai?

– Lo so e basta. Fidati. Dovresti guardare, per favore, il nome della dottoressa che seguiva il Fabbricotti. Il nome della neurologa. Dovrebbe essere riportato, nella visita. Una volta che lo hai visto, mi telefoni e me lo dici. Per premio, domani puoi rimanere a casa. Vieni pure quando vuoi.

Silenzio.

– Hai capito tutto?

– Accidenti a me e a quando ti ho chiesto di venire a vedere la casa. Ho capito, comunque. Ti chiamo domani.

E buttò giù.

Massimo tornò a letto e si addormentò come un bambino.

Tiziana, no.

Nove

– Il pastore deve essere pastore del gregge. Di tutte le pecore. Non può essere solo il pastore delle pecore che piacciono a lui, o delle pecore più mansuete. Non può evitare gli armenti scontrosi, o cattivi. Così un parroco, un frate, un ministro di Cristo in terra deve fare come Cristo, ed essere come Cristo la guida e il faro di tutti gli uomini, le donne e i bambini che gli sono stati affidati, e che confidano in lui.

In chiesa, c'è una quantità di gente che non è comune. Non è comune perché è la Messa del Giovedì Santo, la Messa in Coena Domini, che non è la messa pasquale più frequentata: qui, di solito, la funzione solenne è quella del Venerdì Santo, con processione per le strade del paese dietro il Cristo ligneo di autore anonimo. Alla Messa del Giovedì Santo con annesso giro a piedi delle sette chiese di solito partecipano in pochi, forse perché hanno paura di non arrivare in forma alla celebrazione del venerdì che è molto più solenne e vale parecchi punti-devozione in più.

– Come diceva don Licio Allegri, mio caro amico, che amava scherzare, il prete è un po' il maschile della prostituta. È, semplicemente, l'uomo di tutti. Uomini e donne, bianchi e neri, grossi e piccini, brave persone e farabutti. A chiunque bussi, sarà aperto. A chiunque chieda aiuto, deve essere dato. Non ci sono preferenze, non ci sono preclusioni. Io devo essere l'uomo di tutti.

Inoltre, c'è da considerare che siamo a Pineta: paese dove la percentuale di devoti, sia sinceri che di facciata, non è mai stata particolarmente elevata. Insomma, diciamocelo chiaramente: se non fosse stato per il fatto che si è sparsa la voce che stasera frate Adriano spiegherà cosa è andato a fare in commissariato, in chiesa non ci sarebbe un decimo della gente che c'è ora.

– Ma se una prostituta andasse in giro, a dire quello che i suoi clienti le hanno raccontato, o quello che amano fare, nessuno più si rivolgerebbe a lei. Non sarebbe più in grado di svolgere il suo servizio, per quanto peccaminoso esso sia. Nessuno più si fiderebbe di lei. E se un religioso tradisse il segreto della confessione, sarebbe la stessa cosa.

Invece, visto che da due giorni gira questa voce, in chiesa c'è gente che non si vedeva da decenni: giovani operai della spazzatura in procinto di entrare per il turno di notte, coppie di mezza età che di solito il giovedì a quest'ora sono al cinema, vecchie vedove talmente poco aduse a imbellettarsi per uscire che adesso sembra che siano state truccate da Picasso.

In più, ovviamente, c'è Massimo.

– Questa tonaca che indosso non mi rende infallibile, o impermeabile alla tentazione. Questo vestito serve solo a ricordarmi, e a ricordare a tutti voi, che io ho promesso di rinunciare agli agi e alle ricchezze della vita terrena per servire Cristo in perfetta letizia. Ed io, come tutti, posso commettere errori.

Massimo è in un banco in fondo, spaesato in un luogo in cui non è praticamente mai entrato, e distanziato di qualche fila dal trittico di anziani avvoltoi che di solito girano intorno al suo povero bar. Non c'è Aldo, che è rimasto al ristorante a lavorare e che d'altronde non metteva piede in chiesa dal '45, quando era entrato nella cripta di San Piero durante un bombardamento. Non c'è Tiziana, che ha preso alla lettera l'invito di Massimo e non si è fatta vedere né qui né al bar. Per cui, stasera il bar è rimasto solo, chiuso a doppia mandata, dietro un cartello che annuncia «Chiuso per improvvisa conversione del proprietario. Per i pochi peccatori che volessero rompere il digiuno del Venerdì Santo, il BarLume domani resterà aperto. Amen».

– L'errore che ho commesso è stato di rivelare ai rappresentanti della legge degli uomini qualcosa che mi era stato rivelato sotto il sacro vincolo della confessione, quando io ero solo un tramite tra chi mi parlava e Nostro Signore. Non vi dirò, cari fratelli, che cosa ho detto, o chi ho tradito. E mentirei se vi dicessi che ho fatto ciò che ho fatto solo per amore di giustizia. Ma i motivi per cui ho agito male, fratelli miei carissimi, sono motivi solo miei. Riguardano me, la mia famiglia. Per questo non possono giustificarmi. Ciò che voglio dirvi, invece, è che mi rendo conto della conseguenza della mia azione, e che so di essermi reso indegno di essere vostro servo, e vostro aiuto nel trovare rifugio e conforto in Cristo.

E tutti i presenti, Ampelio incluso, sono immobili e ipnotizzati di fronte al frate che parla, come al solito, con quella voce pacata e mansueta che viene fuori quasi per scherzo da quel torace potente e da quella faccia da gladiatore, che la barba riesce solo in parte ad occultare, e che oggi non sottolinea il solito sorriso.

– Per cui, fratelli miei carissimi, in questo giorno in cui raccontiamo di Cristo, che verrà tradito da un suo stesso discepolo, io ho scelto di venire di fronte a voi, a confessarvi il mio tradimento, a palesare la mia indegnità, e non resistendo alla tentazione di salutarvi. Tra qualche giorno, partirò per un paese lontano, nel cuore dell'Africa, per tentare di trovare di nuovo grazia agli occhi del Signore. Ma prima, fratelli adorati, volevo salutarvi per un'ultima volta, e chiedere perdono a voi e a Nostro Signore di non essermi mostrato all'altezza della vostra fiducia.

Detto questo, il frate si allontanò dall'ambone, e tornò dietro l'altare.

La gente rimase zitta solo perché era in chiesa. E anche se il frate non aveva detto nulla, implicitamente quell'accenno alla famiglia aveva rafforzato l'opinione di tutti.

Ormai non c'era dubbio su quello che il frate era andato a confessare.

Giacomo era figlio del Carpanesi.

– Pronto?

– Pronto Massimo, sono Tiziana.

– Ah, salve. Dimmi.

– Senti, sono stata ora dalla zia, nello studio del notaio. Sono...

Si udì un suono di campanello.

– Un attimo di pazienza, mi suonano alla porta. Torno subito.

Ci fu un mezzo minuto di silenzio. Tiziana aspettò. Si sentì Massimo che parlava con qualcuno in lontananza.

Tiziana stava cominciando a sbuffare, quando la voce di Massimo disse:

– È inutile che stiate lì imbambolati ad aspettare. Questa è una segreteria telefonica. Lasciate un messaggio dopo il bip.

Tiziana lasciò passare qualche secondo dopo il bip, poi si decise e cominciò a scandire:

– Ma dove sono finiti quei bei datori di lavoro di una volta, che al massimo ti toccavano il culo mentre sparecchiavi? Ascolta, sono riuscita a guardare nel fascicolo del testamento del Fabbricotti. Ho trovato il certificato che dicevi, che attesta che il Fabbricotti era lucido di testa quando ha dettato il testamento. È firmato dal dottor Aldoni, e la dottoressa che aveva in cura il Fabbricotti era la dottoressa Angelica Carrus. Ho anche trovato un'altra cosa parecchio interessante...

Si udì un altro bip, poi la voce di Massimo che diceva:

– Grazie di aver lasciato un messaggio. Se lo riterrò opportuno, vi richiamerò. Buona giornata.

– ... e domani la dico a tuo nonno, così impari a mettere queste segreterie del piffero.

La mattina del giorno dopo, Massimo arrivò al bar bello riposato: come da accordi, il venerdì toccava a Tiziana aprire, e questo gli aveva permesso di recuperare un po' dopo la notte insonne del giorno prima e la successiva tirata al bar, dato che Tiziana era impegnata nelle sue vesti di agente segreto. Inoltre, vedere confermate le proprie deduzioni dai fatti lo faceva sempre sentire soddisfatto come poche altre cose al mondo, per cui quando quella mattina arrivò al bar era di umore cristallino.

Arrivando, notò appena che i vecchietti non erano né dentro né fuori. Ed entrando, salutò Tiziana con malcelata allegria.

– Salve Tiziana. Il raduno degli alpini?

– Non c'è.

Strano. Mah, ieri sera hanno fatto tardi. In fondo se cominciava ad accusarle lui le nottate non vedeva perché degli ottantenni non dovrebbero fare lo stesso con un bel messone di quelli di una volta.

– Allora, funziona sempre il cervello a babbo Massimo, vero?

– Lasciamo perdere, vai. Con la storia di ieri mi devi un favore.

– Va bene. Tutto quello che vuoi.

– Sicuro? Parola?

– Sicuro. Basta che tu non voglia che ti porti all'Ikea.

Tiziana rise.

– No no, tranquillo che all'Ikea ci vado da sola.
– Allora, va bene. Lo prometto solennemente.
Massimo andò dietro al bancone a farsi un caffè, e mentre armeggiava con la macchina Tiziana gli chiese:
– Insomma, me la spieghi questa storia del certificato?
– È molto semplice.
Massimo prese la tazzina e la posò religiosamente sul piattino.
– L'altro giorno, quando parlavi della storia del Fabbricotti, hai detto che «la dottoressa gli aveva detto nello stesso giorno che era malato e che Giacomo non era suo figlio». Te lo ricordi, no?
– Certo.
– Allora, data la natura della malattia, la dottoressa che curava il Fabbricotti doveva essere per forza una neurologa. Giusto?
– Giusto.
– Adesso, per una volta proviamo a ragionare come ragionano gli investigatori veri. E proviamo ad ammettere che le coincidenze non esistano. È dall'inizio di questa storia che, ogni tanto, salta fuori il nome di una dottoressa. Una neurologa, per l'appunto. E che, guarda caso, è sposata con il Carpanesi.
– Angelica Carrus.
– Appunto. Adesso, faccio una supposizione. Sappiamo che Angelica Carrus ha visitato il Fabbricotti, e gli ha comunicato le due notizie. Adesso, proviamo a spingerci un attimo in avanti. Proviamo a dire che Angelica, sapendo che Giacomo non è figlio del Fabbricot-

ti, noti che assomiglia a qualcun altro. La cosa è impossibile? Non direi, visto che ce ne siamo accorti noi da una foto. In fondo, lei c'è sposata con questo qualcun altro. A questo punto, quella che per noi è una deduzione per lei può diventare una certezza.

Massimo buttò giù il caffè con due sorsi decisi.

– Ho capito, Massimo. Però mi devi spiegare come hai fatto a sapere che tra i documenti c'era anche il certificato.

– Perché era logico. Il Fabbricotti fa una donazione al figlio, con l'intento evidente di escludere la moglie per quanto possibile dall'eredità. Giusto?

– Giusto.

– Allora, una donazione del genere può essere facilmente impugnata. Al di là della spettanza legittima per la moglie, se questa è avida potrebbe decidere di rivalersi sul figlio.

– Eh. E allora?

– E allora, la malattia di cui soffriva il Fabbricotti non si limita a distruggere le facoltà di movimento. Con il tempo, avrebbe portato alla demenza. Questo il Fabbricotti lo sapeva. E se la moglie o qualche altro parente avesse voluto avanzare pretese sul testamento, in teoria avrebbe potuto giocare sulla malattia del Fabbricotti per formulare l'ipotesi che egli non fosse in grado di intendere e di volere al momento del testamento. Il Fabbricotti si è voluto cautelare al massimo contro questa ipotesi.

Ho usato «egli» in una frase parlata, pensò Massimo. Non credevo che mi sarebbe capitato mai.

– Hm. Ho capito. In effetti torna. Anche con quell'altra cosa.

– Quale altra cosa?

– Quella che ti ho detto per telefono. Ho iniziato la frase, ma il nastro è finito a metà.

– Ah. Non ci ho fatto caso.

Non ci hai fatto caso no. Quando hai sentito le parole «Angelica Carrus» sulla segreteria ti sei messo a fare la danza della pioggia come un indiano.

– L'altra cosa interessante era una rinuncia ad avanzare pretese sulla donazione, firmata Marina Corucci.

– Ah.

Tiziana fece un gran sorriso.

– Il che significa, come dici te, che Marina Corucci tanto ricca in fondo non lo era. Ti sembra?

– Eh be'. No, direi di no. Buongiorno Aldo.

Aldo chiuse la porta e si andò a sedere al suo posto.

– Salve a tutti, belle e brutti. Tiziana, un cappuccino, per favore.

– Subito. Insomma, Massimo, te cosa ne pensi di tutta questa storia?

Massimo sospirò. Avrebbe voluto accendersi una sigaretta, ma con Aldo nel bar non era il caso. Se ne stavano già facendo troppi, di strappi alla regola.

– Io credo che il Carpanesi non fosse il solo a desiderare la morte di Marina Corucci. Io credo che se la moglie del Carpanesi si fosse ritrovata in un letto del proprio ospedale, nel reparto accanto, la rivale che dopo essersi zifonata bene bene il marito oltretutto lo stava anche ricattando, non ci avrebbe pensato due volte a farla fuori. C'è il movente e c'è l'occasione. Non ci sono le prove.

– Va be', a quelle ci penserà la polizia – disse Aldo mentre sorbiva il suo cappuccino. – Comunque, anche noi l'abbiamo pensata esattamente come te.

– Voi chi?

– Noi. Io, Pilade, Ampelio e il Rimediotti. Quando stamani Tiziana ci ha spiegato cosa le avevi detto di cercare, se n'è discusso un po', ma quel che era successo s'è capito subito. Ormai era chiaro.

Massimo si guardò intorno, mentre impallidiva.

– Aldo?

– Sono qua.

– Dimmelo piano, eventualmente: dove sono ora mio nonno e quegli altri?

– E dove vuoi che siano? Sono in commissariato, no? Sono andati a spiegare a Fusco cosa dev'essere successo. Io dovevo fare la spesa per il ristorante, per cui non sono potuto andare, ma vedrai che fra un po' tornano.

Massimo aggirò il bancone. Mentre ne usciva, prese la bottiglia di Demerara e cominciò a versarsene una robusta dose in un bicchiere. Quasi in contemporanea, il telefono squillò. Tiziana andò a rispondere, visto che Massimo era al di là della barricata.

– Il BarLume buongiorno. Come dice? Sì, un attimo.

Tiziana coprì la cornetta con la mano.

– Massimo, è per te. È il commissariato.

Massimo posò la bottiglia e prese il bicchiere. Lo annusò con rassegnazione.

– Digli che arrivo.

– Mi dica lei adesso: cosa dovrei fare?

Massimo non rispose. Di fronte a lui, seduto sulla poltroncina a rotelle, con le mani giunte e i pollici piegati l'uno sull'altro, Fusco aveva appena finito di elencargli i reati che teoricamente avrebbero potuto essere contestati a lui e all'intera pattuglia del bar, e che andavano dalla divulgazione di segreto d'ufficio (Tiziana) allo sfruttamento di posizione dominante (Massimo) per culminare nell'intralcio allo svolgimento delle indagini (i restanti quattro debosciati). Pur amando rispondere a qualsiasi genere di domanda, Massimo aveva capito benissimo che quella del dottor commissario era una domanda puramente retorica e quindi rimase in silenzio, anche perché era troppo impegnato a cercare un punto da guardare diverso dalla faccia di Fusco, che in questo momento lo metteva piuttosto in imbarazzo.

– Io capisco, signor Viviani, che lei si annoi. Capisco anche che lei negli anni passati ci è stato molto utile. Ma non si possono fare indagini private per conto proprio su reati penali. Si rende conto di cosa potrebbe succedere se tutti qui si comportassero come voi?

Anche stavolta, Massimo non rispose, apparentemente impegnato a studiarsi la zip dei pantaloni.

– A questo proposito – disse Fusco cambiando impercettibilmente tono – io vorrei che ci chiarissimo su un punto fondamentale.

Massimo tirò su la testa, ed annuì.

– Dica.

Fusco sospirò, disintrecciò i pollici e cominciò ad aprire e chiudere le mani tese, tenendole unite alla base del pollice.

– Io vivo in Toscana da anni, ormai. E ho capito una cosa dei toscani. Se uno non ha la battuta pronta, se uno non è rapido a reagire e non ha la lingua di carta vetrata, voi toscani lo considerate un coglione. È vero o no?

– Be', ad essere sinceri, sì. La maggioranza si comporta come dice lei.

– Ecco, appunto. Io non ho la battuta pronta, signor Viviani. Io sono semplicemente uno che tenta di non fare mai due volte lo stesso errore. A volte ci riesco, a volte no. Non sono così coglione come mi ritenete. E non mi piace essere trattato come tale. Non mi piace essere circuito, non mi piace essere prevaricato. Sono stato chiaro?

Più sì che no, direi. Massimo annuì.

– Bene. In questo momento, le indagini stanno seguendo il loro corso. Qualsiasi interferenza, da qui alla conclusione delle stesse, non sarà tollerata. Buona giornata, signor Viviani. E – chiuse Fusco perfidamente – mi saluti suo nonno.

Dieci

– «Tra moglie e marito, non mettere il morto. Servizio di Marinella Del Frè. Pisa. Si stringe il cerchio intorno agli indagati per il crimine noto come "delitto del Santa Chiara", ovvero l'omicidio di Marina Corucci, avvenuto esattamente una settimana fa all'interno del reparto di Anestesia e Rianimazione del nosocomio pisano. Ormai, per gli inquirenti, tale delitto è un affare di famiglia. Il campo dei possibili responsabili sembra essersi infatti ristretto a due sole persone: Stefano Carpanesi, noto uomo politico candidato alle elezioni suppletive per il centrosinistra, e la moglie Angelica Carrus, primario di Neurologia presso il medesimo ospedale dove è stato commesso il delitto. Marina Corucci è stata infatti uccisa da un'iniezione d'aria che ha causato un embolo fatale mentre si trovava ricoverata, in gravi condizioni, a seguito di un pauroso incidente stradale».

Da dietro il «Corriere», spalancato con cura tale da farlo sembrare inamidato, si sentiva la voce alta e impersonale del Rimediotti, che rendeva edotto il resto del bar in merito agli ultimi sviluppi del caso Corucci. Il resto del bar con l'eccezione di due giapponesi, probabilmente madre e figlia, che erano sedute a un tavolino in fondo e si gustavano i loro cappuccini mentre tiravano fuori dalle borse tutto quello che avevano acquistato nel corso della mattinata, squittendo di soddisfazione.

– «Come è noto la situazione di Carpanesi, già nel mirino degli inquirenti perché sospettato di essere la vittima di un ricatto da parte della Corucci, si è ulteriormente aggravata in seguito alla scoperta che Giacomo Fabbricotti, il figlio di Marina Corucci deceduto nell'incidente stradale che ha fatto da prodromo al delitto, era in realtà figlio naturale del Carpanesi medesimo». O cosa vor di' «prodromo»?

– Mah, è un sinonimo piuttosto arcaico di «preludio». È usato principalmente in ambito ecclesiastico. Preludio, o avvisaglia. O sintomo, anche. Qualcosa che precede...

– Ardo, a scòla ci siamo già stati tutti. Ti cheti un attimino e mi lasci senti'?

– «La paternità, che è stata provata tramite test del DNA, pare sia stata suggerita agli inquirenti dal fratello della vittima, padre Adriano Corucci, frate minore del convento di Santa Luce. Ma l'origine di tale paternità pare che non fosse sconosciuta nemmeno alla moglie di Carpanesi, la dottoressa Carrus, la quale si era trovata per motivi professionali a dover compiere dei test genetici specifici sullo sventurato ragazzo. Quanto a quest'ultimo, è doveroso riportare che le ultime prove della scientifica non lasciano spazio a dubbi: l'incidente nel quale il giovane ha perso la vita non è stato doloso, ma dovuto semplicemente alla elevata velocità della vettura guidata dalla madre».

– E figurati se c'è scritto chi è stato a tiralla fòri, questa paternità – notò Pilade.

– Davvero – rispose Aldo. – Capace che Fusco s'è preso tutto il merito. Va a finire che gli daranno una medaglia.

– Mh, una medaglia – stronfiò Ampelio. – Anch'io ni metterei quarcosa ar collo, a quer nano. Un par di mani, per esempio. Belle strinte.

– «Sulla scia di queste ultime evidenze, i due principali sospettati hanno cominciato ad accusarsi apertamente e reciprocamente di avere degli ottimi motivi per eliminare la vittima. Il Carpanesi è anche giunto a sottolineare quando la consorte avrebbe avuto la possibilità di commettere il crimine». Ma ti rendi conto?

– Mamma mia, che òmo. Certo che bisogna avecci la ghigna di bronzo.

– Mah, dipende. Per conto mio, non ha tutti i torti. Se lo accusano di omicidio, e lui ha la ragionevole certezza che sia stata la moglie, non vedo perché dovrebbe stare zitto.

All'interno del bar, ormai, si erano formati tre partiti. Al partito A («Carpanesi libero») si sono iscritti Aldo e Pilade, che sono convinti della colpevolezza della dottoressa Carrus. Del partito B («Carpanesi in galera, e la chiave nel vulcano») facevano parte il Rimediotti, Ampelio e Tiziana, con cause e motivazioni diverse. Per quanto riguardava il partito C («Mi importa una sega del Carpanesi») questo contava tra i suoi sostenitori il solo Massimo, e nemmeno troppo convinto.

Ma guarda lì. Ormai non vanno nemmeno quasi più al biliardo. Entrano, squadernano il giornale e si mettono a discutere del delitto. Qui, ovviamente. E se entra qualcuno, si becca un pistolotto sul delitto. Ci credo che di mattina non entra più nessuno, a parte i giapponesi, che tanto non capiscono un cazzo. Come sono sempre sereni, i giapponesi. Dev'essere per via del culto degli antenati defunti. Ora ho capito come funziona: non pregano direttamente gli antenati, ringraziano il cielo per averglieli tolti dai coglioni. Ecco perché sono così pacifici.

– «Secondo il Carpanesi, infatti, la moglie avrebbe avuto gioco facile nell'eliminare la Corucci, essendo tra l'altro di turno nel proprio reparto al momento della morte della vittima. Nulla di più facile, in teoria, che abbandonare per un attimo il reparto di pertinenza ed entrare nella stanza della vittima, senza essere notata da nessuno. Inoltre, come ricordato anche ieri, il Carpanesi si è recato al capezzale della vittima solo per una breve visita, incompatibile a parere dei suoi legali con la dinamica dell'omicidio, la cui preparazione ed esecuzione avrebbe senza dubbio richiesto un tempo non indifferente per una persona non pratica di medicina».

E questa era l'argomentazione su cui poggiava il programma del partito A, che veniva rintuzzata dal partito B sulla base del fatto che i medici di uno stesso reparto si conoscono molto bene e che quindi un medico che si trovi in un reparto in cui non lavora viene notato, eccome.

– «D'altra parte, la dottoressa Carrus si è difesa portando prove che, già dal mattino del giorno in cui si è verificata la morte, la vittima versava in condizioni disperate ed era in uno stato di coma irreversibile, dal quale presentava possibilità trascurabili di riprendersi a causa dell'entità dei danni cerebrali riportati a seguito dell'incidente. "È vero che noi medici uccidiamo parecchi pazienti", ha commentato la Carrus sorridendo, "ma non lo facciamo mai di proposito. Inoltre, la storia ci insegna che non si uccide un uomo morto. Figuriamoci una donna, che in questo paese vale ancora meno"».

E quest'ultima era la tesi del partito B, che veniva osteggiata dal partito A il quale riteneva che la Carrus potesse avere agevolmente falsificato i referti medici che attestavano le condizioni cliniche della paziente.

Per venire in aiuto ai morbosi a cui ancora queste cose non siano ancora venute a noia, uno stelloncino nella pagina adiacente spiegava da un punto di vista medico che cos'è lo SVP (stato vegetativo permanente) e come si diagnostica. Per fortuna, il Rimediotti iniziò a leggerlo da solo, in silenzio.

– Via, inzomma – disse Ampelio una volta terminata la lettura dell'articolo – ora è questione di vede' chi de' due cede.

– Sarebbe a dire? – chiese Aldo.

– Sarebbe a dire che nessuno de' due è un duro da firme amerìano. Son tutt'e due nati nella bambagia. Sanno una sega cosa vor di' soffri'. A questo punto, li metti in galera tutti e due e guardi cosa succede. Vedrai prima o poi uno de' due crolla.

– Guarda, Ampelio – intervenne Aldo – vorrei farti notare due cose. In primo luogo non siamo a Guantanamo, siamo a Pineta. Non puoi mettere uno in prigione e lasciarcelo due anni perché ti pare a te. In secondo luogo, che il Carpanesi sia nato nella bambagia sono d'accordo, ma la sua consorte non direi proprio.

Aldo si alzò in piedi e cominciò a camminare per la stanza.

– La Carrus è nata in un paesino della Sardegna grosso come questo bar, in cui le possibilità erano due: se eri maschio, facevi il pastore. Se eri femmina, facevi la moglie del pastore. E in questo momento è primario di Neurologia. Quella non è una donna, è uno schiacciasassi in gonnella. Per arrivare lì non so cosa abbia fatto, ma stai certo che pur di rimanere dove è quella sarebbe capace di sterminare te e la tua famiglia e di andare alla recita dei bambini lo stesso pomeriggio.

La descrizione di Aldo tratteggiava abbastanza bene il modo in cui la Carrus era vista comunemente sul litorale. Chissà perché.

Massimo aveva la sensazione che, se la Carrus fosse stata un maschio, tutti l'avrebbero trovato solamente un uomo di successo, uno che si era fatto da solo. Invece, visto che era una donna, la vedevano tutti più o meno come un'arrivista: brava e intelligente, ma con l'etica di una iena orfana.

– Comunque, da quei due non si esce – continuò Aldo. – O è stato lui, o è stata lei. Io, per conto mio, propendo per lei. È una questione di probabilità.

Massimo, che stava per accogliere le giapponesi alla cassa, ridacchiò.

– Eccoci. Ci mancava anche questa.

– Perché, cosa ho detto di sbagliato?

– Sapete una sega voi di cos'è la probabilità – disse Massimo sorridendo. – Un attimo. Five with seventy. Thanks. Please, could you repeat?

In un inglese passabile, la giapponese giovane gli disse che i fiori di ibiscus che si trovavano dentro il bar erano stupendi, e gli chiese il permesso di fare la foto.

– Of course. I would be honoured of that. Please, take all the pictures you want.

Sorridendo, la giapponese armò la macchina e la puntò sulla pianta fiorita, che si trovava sul davanzale alle spalle di Ampelio. Fatte due foto, ringraziò l'intero bar con una serie di inchini e si avviò insieme alla sua presunta mamma.

– O quella? O cos'ha fotografato?

– Fotografava te, nonno – rispose Massimo. – Mi ha detto che è un'archeologa, e che trovava che una mummia così ben conservata sia rara.

Ma fammi ir piacere, fammi, rispose Ampelio fra i denti.

– Ascolta un po', invece di fare il sapientino – disse Aldo risentito. – Io dico questo: la Carrus in ospedale ci lavora. Ha sicuramente avuto più occasioni lei per andare dal suo reparto a quello di rianimazione, che tra l'altro è lì accanto, di quelle che può aver avuto il Carpanesi, no? Ergo, è più probabile che lo abbia ucciso lei. Cosa mi dici?

– Non posso che ripetermi. In termini matematici, ti direi che è un uso sbagliato del concetto di probabilità condizionale. Siccome questo è un bar, ripeto: sai una sega te della probabilità. E per convincerti ti propongo una scommessa.

– Sentiamo.

– Quanti coperti ha il tuo ristorante?

– Quarantadue.

– Benissimo. In questo periodo sei sempre pieno, vero?

Aldo alzò un sopracciglio, come a dire «secondo te?».

– Allora, facciamo la scommessa. Io scommetto cento euro che stasera, al tuo ristorante, ci saranno tra i clienti almeno due persone che sono nate lo stesso giorno dell'anno. Che ne dici?

– Un attimo, fammi capire bene. Tu mi stai dicendo che, tra quarantadue persone distribuite su trecentosessantacinque giorni, ce ne sono secondo te almeno due che hanno lo stesso compleanno? È questa la scommessa?

– Esattamente. Che ne dici?

– E come faccio a verificarlo?

– Ad ogni persona che entra spiega la scommessa, e chiedigli la data di nascita. Solo giorno e mese, non l'anno. Non vedo perché dovrebbero dirti di no. Che ne dici?

– Dico che hai battuto la testa. Andata. Cento euro. Adesso però spiegami questa cosa della probabilità condizionale.

Massimo guardò un attimo l'uditorio. Mica facile. E nemmeno eludibile, perché era chiaro che dopo la provocazione i vecchietti attendevano la spiegazione. Persino il Rimediotti aveva tirato su la testa dal «Corriere». Massimo prese un respiro, poi cominciò:

– Aldo, hai mai letto *Anna Karenina*?

– Certo.

– Ti ricordi mica come inizia?

– E come no. «Tutti i matrimoni felici si somigliano. Ma ogni matrimonio infelice è infelice a modo suo» –. Aldo approvò scuotendo la testa. – È una delle frasi più belle che siano mai state scritte.

– Concordo. E lo sai perché è bella? Perché ha un significato universale. È una specie di teorema, a modo suo.

Massimo andò all'erogatore del tè freddo e si versò da bere.

– Che cosa significa questa frase? Brevemente, significa che perché un matrimonio funzioni i due coniugi devono essere d'accordo su molte cose. L'educazione dei figli, l'intesa sessuale, l'importanza dei soldi, il luogo dove vivere. Se su una di queste cose c'è un disaccordo totale, o sostanziale... – Massimo aprì le mani – ... ecco che il tuo matrimonio è infelice. Si crea un attrito che prende sempre più peso, mentre il resto delle cose che funzionano nemmeno lo noti. Tanto funzionano. E quella cosa che non funziona incomincia ad avvelenare tutto il resto.

Massimo prese una bella sorsata di tè, poggiò il bicchiere sul bancone e continuò:

– Nelle probabilità, il discorso è il medesimo. La probabilità che si verifichi una certa situazione – per esempio, che mio nonno riesca a vedere dal vivo una partita di calcio – è data dal prodotto delle probabilità di tutti gli eventi elementari che si devono realizzare affinché questa situazione si verifichi, nessuno escluso. Attenzione: dal prodotto, non dalla somma. È importante.

Massimo buttò giù un altro sorsino di tè, dopo aver dato un'occhiata alla propria succursale dell'ospizio. Finora, sembravano seguirlo.

– La ragione è semplice: se la probabilità che un dato evento necessario nella catena di cui sopra è nullo, la probabilità che la situazione si verifichi è nulla. Torniamo all'esempio: Ampelio che tenta di andare allo stadio. Per entrare allo stadio, mio nonno dovrebbe comprare il biglietto, evento non impossibile perché i soldi li ha. Dovrebbe andare allo stadio, evento non impossibile perché ce lo accompagnerei io. Dovrebbe passare il controllo di sicurezza, e questo è impossibile perché questo implicherebbe lasciare il bastone che sarebbe considerato un'arma impropria. E mio nonno quel bastone non lo lascia mai, semplicemente perché ha il piede diabetico e senza bastone si sfracellerebbe al suolo.

Massimo finì il tè freddo con una lunga sorsata. Mentre parlava, nella testa gli era venuta un'idea. Qualcosa che, magari, poteva convincere i vecchietti a lasciar perdere il delitto una volta per tutte.

– Per cui, basta che sia impossibile un singolo evento, nella fattispecie il fatto che mio nonno lasci il bastone, per rompere la catena di eventi che portano alla situazione. Se hai descritto correttamente la catena di eventi, e ce n'è uno a probabilità nulla, quella situazione non si verificherà mai. Punto.

I quattro stavano a sentire, stranamente in silenzio. Ampelio, addirittura, annuì.

– Ora, se tu consideri un singolo evento, ovvero il fatto che la Carrus ha avuto la possibilità di accedere alla camera della vittima molto più facilmente del Carpanesi, non fai un conto corretto. Ti limiti ad una piccola parte del problema, senza considerarne la totalità. Ci siamo?

Se lo dici te, disse la faccia del Rimediotti.

– Per parlare di probabilità, dobbiamo provare a suddividere l'omicidio in eventi singoli, per tentare di capire chi è l'assassino, facendolo passare da una serie di punti obbligatori. O meglio, dovete. O meglio ancora, dovrebbe qualcun altro, perché sia io che voi siamo stati diffidati dall'occuparci di 'sta cosa, e ho la vaga impressione che se continuiamo il buon vecchio Fusco ce la farà scontare.

I quattro alzarono le sopracciglia all'unisono, in un chiaro disprezzo del Fusco e di qualsiasi conseguenza.

– Vediamo se ho capito bene – disse Aldo. – Punto uno, chi ha ucciso Marina Corucci ha guadagnato qualcosa dalla sua morte. Non si fa niente per niente.

– Può essere. Io la formulerei così: ha guadagnato qualcosa dalla sua morte, o avrebbe perso qualcosa dalla sua possibile sopravvivenza.

– Okay. Punto secondo...

E va bene. Ve la siete voluta, e ora ve la beccate.

– Punto terzo – partì Massimo – ha avuto la possibilità di trovarsi da solo nella camera di Marina Corucci il tempo necessario a praticare l'iniezione. Punto quarto, ha avuto la certezza di uccidere Marina Corucci tramite una iniezione d'aria. E qui cascano entrambi gli asini, secondo me.

– In che senso? – chiese Aldo.

– Perché in tutti e due i casi – il Carpanesi e la Carrus – abbiamo un bello zero. Nel caso del Carpanesi, perché il Carpanesi ha fatto alla Corucci una sorta di visita ufficiale, con tanto di compagni di partito e sindaco con fascia tricolore. Che in compagnia di altre tre o quattro persone abbia avuto il tempo e la ghigna di fare un'iniezione alla Corucci, la vedo piuttosto improbabile. E che sia riuscito ad entrare in un reparto di rianimazione di nascosto la vedo piuttosto impossibile. Quindi, a mio giudizio per quanto riguarda il Carpanesi la probabilità del terzo evento è molto, molto bassa.

– E la Carrus?

– Uguale. La Carrus è un medico, e se volesse uccidere un paziente sceglierebbe un metodo infallibile. Di sicuro non una iniezione d'aria.

– E perché? – disse Aldo. – È un metodo perfetto, semplice ed efficace.

– Sì. Nei film. Nella realtà, la solubilità delle varie componenti gassose dell'aria nel sangue umano non è trascurabile. Se tu inietti dell'aria ad una persona, per farle del male devi riuscire ad iniettargliene molta, e molto velocemente, in modo che questa non riesca a sciogliersi. Le embolie che uccidono i sub che risalgono troppo rapidamente sono procurate proprio dal fatto che a pressioni diverse la solubilità dell'aria nel sangue varia moltissimo; più è alta la pressione, meglio si sciolgono i gas. Se tu risali troppo in fretta, la solubilità del gas nel liquido diminuisce senza che tu abbia tempo di eliminare il gas in eccesso con la respirazione. Per cui, si formano delle belle bollicine d'aria, il tuo sangue inizia a fare l'imitazione del chinotto e tu sei fottuto.

Massimo stappò un chinotto e se lo versò, sia per fare l'esempio sia perché gli era venuta sete.

– Ma nel caso di una iniezione, questa uccide solo nel caso in cui tu riesca ad occludere tutto il lume arterioso, creando il cosiddetto «bolo». Cioè, molto di rado. Mi sono informato. Per cui, chi ha materialmente ucciso non è medico. Indi, per la Carrus lo zero lo troviamo all'evento numero quattro.

I vecchietti si guardarono cogitabondi. Dopodiché, il Del Tacca alzò un dito come a scuola.

– Scusa Massimo, ma prima sei sartato dar punto primo ar terzo. C'è anche un secondo o ti sei confuso?

– No no, Pilade, nessuna confusione. Il secondo punto è che la possibilità di guadagno di cui si parla in caso di morte di Marina Corucci, o di perdita nel caso in cui fosse rimasta viva, si devono essere verificate solo in seguito all'incidente. Se ci fai caso, nessuno ha mai tentato di uccidere Marina Corucci prima. Per cui, chiunque abbia ucciso la Corucci lo ha fatto solo in seguito all'incidente.

– Ir che torna con quer che si diceva prima – disse Pilade. – Prima dell'incidente, la Carrus non ce l'aveva l'occasione di mettere le zampe sulla Corucci. Dopo l'incidente, se l'è trovata lì sur un piatto d'argento.

– Ma allora non ascoltate. Puoi mettere sul piatto tutto quello che ti pare, ma a un certo punto c'è un bello zero. Marina Corucci non può essere stata uccisa da un medico, e la Carrus è un medico. Punto.

– Lo dici te. Potrebbe anco ave' fatto così per allontanare i sospetti. O chi me lo dice? Furba è furba. Te cosa ne dici, Ardo?

Io non so più cosa tentare.

Il pomeriggio era passato come la mattina, tra rinterzi e chiacchiere. La sera era stata affollata, e per fortuna priva di vecchietti.

Tornato a casa, Massimo andò direttamente verso il letto, spogliandosi nel tragitto e lasciando i vestiti in terra. Si buttò sul letto e passò in rassegna i libri che aveva sul comodino, per leggere qualche minuto in attesa che arrivasse Morfeo.

Gerd Gigerenzer, *Decisioni intuitive*. Troppo stanco. Roger Abravanel, *Meritocrazia*. Troppo deprimente. Amado, *La doppia morte di Quincas l'acquaiolo*. Di che parla?

Due ore dopo, Massimo era a letto, sveglio come un gufetto. Un po' l'effetto del libro di Amado (bellissimo: meglio la prima parte della seconda, ma avercene di roba così), un po' l'effetto della discussione con i vecchi, che gli aveva lasciato degli strascichi di dubbio. E a non pensare al delitto, nonostante tutto, non ce la faceva.

Non deve essere un medico. Né un infermiere. Ma dev'essere qualcuno che in un ospedale non si nota.

Deve essere qualcuno che beneficia della morte di Marina. O che avrebbe avuto problemi dalla sua sopravvivenza.

Ci sono quasi, ne sono sicuro.

Senti, adesso dormi. Ci penserai domani, a mente fresca.

Undici

Erano le sette e mezzo della mattina dopo. Massimo era seduto a un tavolino con la «Gazzetta» squadernata davanti, quando Aldo entrò all'improvviso. Mentre Massimo alzava gli occhi, Aldo si diresse al tavolino e appoggiò sulla rosea una busta bianca. Massimo la guardò.

– I debiti di gioco si pagano entro ventiquattro ore. Ora, però, mi devi spiegare come hai fatto.

– Volentieri. Ti spiace solo se aspettiamo il resto della combriccola? Sennò mi tocca spiegarlo enne volte. E così finisco la «Gazzetta».

– Fai pure. Posso farti una domanda?

– Domandare è lecito.

– Ti senti bene?

– Non mi lamento.

– Sicuro? Hai una faccia davvero brutta. Intendiamoci, non che tu di solito sia George Clooney, ma stamani fai davvero spavento.

– Dormito male.

– Lo so. A volte capita anche a me.

Aldo si sedette al tavolino e cominciò a dondolarsi, nel tipico atteggiamento di chi prima di cominciare un discorso vuole essere certo di avere tutta l'attenzione del proprio interlocutore. Purtroppo, Massimo era già di suo dotato di capacità di empatia simili a quelle di un bambino autistico, e in più ora stava leggendo la «Gazzetta», per cui rimase al proprio posto senza alzare gli occhi e senza accorgersi di nulla. Dopo qualche minuto, Aldo cominciò a tossicchiare. Prima piano, discretamente, poi sempre più deciso. A un certo punto, Massimo parlò senza alzare gli occhi dalla «Gazzetta»:

– Alla tua età non si dovrebbe uscire senza sciarpa.

– Già. Invece, alla tua, si dovrebbe cominciare a pensare di mettere su famiglia.

– Già fatto. Mi sono tolto il pensiero.

– Massimo, non fare l'idiota. Hai sposato la tua fidanzatina del liceo. Che fra l'altro era una persona che lasciamo perdere, ma te eri tanto innamorato. E poi avete divorziato. Morto un papa se ne fa un altro, sai?

– So, so. Il problema è che i miei conclavi durano parecchio.

– E ci credo! Stai sempre seppellito dentro 'sto cazzo di bar. Ti vesti sempre nello stesso modo, camicia bianca e jeans. E quando hai un giorno libero ti nascondi come un paguro.

Massimo guardò Aldo, un po' sconcertato. Quando Aldo usava una parolaccia, significava che la situazione era grave.

– Non puoi mica pretendere di attirare frotte di ragazze facendo San Simeone lo stilita – continuò Aldo. – Cambia qualcosa. Vai in giro. Vai al cinema. Svegliati, insomma. Lo sappiamo...

E su quello che sapevano si interruppe, perché era entrata Tiziana.

– Mamma mia, che giornata. La mattina fa ancora un freddo... Massimo, ti senti bene?

Massimo si alzò senza mollare la «Gazzetta» e, continuando a leggere, andò direttamente nella sala del biliardo.

Terminata la «Gazzetta», Massimo era restato nella sala biliardo ed aveva iniziato una pensierosa partita contro se stesso, sia sul panno verde che dentro il proprio cervello. Sul panno, andava avanti inanellando uno dopo l'altro colpi di difesa perfetti, in cui una palla si veniva a trovare vicino ad un angolo del tavolo e l'altra, quella battente, si fermava nella posizione diametralmente opposta, con il castello dei birilli nel mezzo. Colpi sterili, che non abbattevano un birillo e non portavano un punto, ma Massimo era un giocatore prudente e questi erano i colpi che gli venivano spontanei.

Dentro la propria testa, la battaglia era più complessa, e i due bambini che si contendevano da sempre il controllo delle azioni di Massimo stavano tentando di convincersi a vicenda. Da una parte, il Massimo Bravo Bambino concionava sul fatto che Fusco era stato chiaro, e che aveva ragione. Non si gioca con i delitti, non si indaga e non ci si fa giustizia da soli. Per certe cose c'è la polizia, i magistrati e tutti gli altri apparati preposti. Dall'altra parte, il Massimo Dimmi Perché replicava che se una cosa non torna non torna, e finché non torna bisogna applicarcisi fino a quando non si trova la soluzione, e se il Bravo Bambino era scemo lui non sapeva che farci.

Mentre ragionava, tirò un colpo troppo forte, e la palla battente si trovò dalla stessa parte della palla colpita, l'una davanti all'altra di fronte al castello.

In questi casi, bisogna tirare un filotto: una bella legnata e via, la palla colpita che rimbalza da sponda a sponda allegramente, devastando il castello di birilli e portando punti in quantità, magari riuscendo anche ad andare a pallino. Un colpo facile, e quindi un colpo che Massimo non amava. E che non tirava praticamente mai, per paura di sbagliare e di fare un danno colossale, con quelle altre merde dei vecchietti che lo avrebbero preso in giro a sangue.

Ma, essendo solo, poteva permetterselo.

Massimo si chinò sul tavolo, appoggiò la stecca alla mano e si preparò a tirare.

Dentro il bar, i vecchietti stavano parlando del più e del meno quando Aldo si accostò al muro. Dopo qualche secondo, alzò una mano chiedendo silenzio. Ampelio continuò tranquillamente il suo monologo, e Pilade aprì bocca.

– Ampelio, chetati un attimo.

– Cos'è, 'un c'è 'r mi' nipote e ti ci metti te a rompe' 'oglioni?

– Giustappunto – rispose Aldo. – Massimo non c'è perché è di là a giocare a biliardo. Ma sono due o tre minuti che non sento un rumore. Né palle che schioccano, né rumore di passi. Stamattina aveva una faccia che non mi garbava per nulla. Non vorrei che per caso si sentisse male.

Oddio. Ci mancherebbe anche questa. Con uno sguardo d'intesa, Aldo venne investito dalla comunità di andare a vedere cosa succedeva, anche perché aspettando che Ampelio si alzi e arrivi di là uno farebbe in tempo a morire di fame.

Arrivato nella saletta, Aldo vide Massimo, chinato sul biliardo, che si preparava a tirare un filotto, brandeggiando la stecca avanti e indietro piano piano.

Solo che aveva gli occhi chiusi, e sembrava dormire.

Dopo una ventina di secondi, Aldo venne raggiunto da Tiziana e dagli altri vegliardi. E, qualche secondo dopo, Massimo aprì gli occhi, alzò la testa e vide il quartetto fermo sulla soglia. Sorrise.

– Che succede?

– Come, che succede? T'eri addormentato sur biliardo.

– Eh. Non ho dormito molto, stanotte – disse Massimo tentando di assumere un'aria tonta per mascherare l'emozione.

– Massimo, facciamo così – disse Aldo con fare paterno. – Ora vai a casa e ti fai un bel pisolino. In queste condizioni non mi sembra il caso che tu lavori. Qui magari ci resta Tiziana. Ce la fai?

– Vai vai Massimo – disse Tiziana – qui ci penso io.

– Mi sa che hai ragione. Ci vediamo dopo.

Cazzarola. È così. Non può essere che così.

E ora cosa faccio? Se vado da Fusco, mi ammanetta al termosifone e manda al bar un pezzo d'orecchio. Di dirlo a un giornalista, idem come sopra. Succede un casino che la metà basta. E poi non sono proprio sicuro di cosa ne verrebbe fuori. A questo punto, la cosa migliore è di parlarne con lui. Vediamo come reagisce. Magari mi dice tutto. Magari chiama la polizia e mi fa arrestare. Più probabile la seconda della prima. Hai scelta? No, mi sembra di no. Meno male solo che i vecchietti hanno creduto che mi stessi addormentando. E invece, se vuoi ricominciare a dormire, devi toglierti questo dente. Cosa sarà, sarà.

– E cosa c'è di così urgente da volermi vedere stamattina?

Seduto nel proprio studio, con alle spalle una libreria fine settecento piena di tomi ben rilegati, il notaio faceva decisamente un'altra impressione. Dentro il bar, come Massimo lo aveva sempre visto, era semplicemente un omino ben vestito dall'educazione parecchio sopra la media, ma che bisognava impegnarsi per notare.

Lì dentro, invece, era il padrone. Lo si capiva da come la segretaria gli aveva aperto la porta, da come aveva guardato Massimo quando le aveva chiesto se era possibile vedere per qualche minuto il signor notaio. Il signor notaio adesso è occupato, aveva detto quasi stupendosi che qualcuno osasse tanto ardire. Vorrà dire che aspetterò, aveva detto Massimo dirigendosi verso una delle poltroncine dell'anticamera.

Comodissime, tra l'altro, le poltroncine. Se mette questa roba in anticamera, chissà che trono deve avere nello studio.

In effetti, nello studio dove venne fatto entrare un'oretta dopo, il signor notaio aveva una scrivania di mogano da contrammiraglio, lunga almeno due metri, e una poltrona da urlo, di pelle finissima, con i braccioli ampi e un sistema di ammortizzazione che doveva essere degno di una Ferrari, questo Massimo poteva solo supporlo perché mai e poi mai si sarebbe seduto sulla poltrona di qualcun altro. Per cui, dato che era già stato seduto a sufficienza, aveva atteso il notaio passeggiando. Poi il notaio era arrivato, aveva salutato sedendosi, aveva guardato alcune carte per qualche minuto e poi aveva messo a fuoco Massimo con uno sguardo neutro, né infastidito né curioso, ma semplicemente professionale.

– Quello che le devo chiedere riguarda uno dei suoi assistiti. Per la precisione, Sirio Fabbricotti.

Il notaio continuò a guardarlo, senza cambiare espressione. Massimo attese qualche secondo, poi continuò.

– Sirio Fabbricotti, appunto.

– Ho capito, signor Viviani. Sono vecchio, non sordo.

Massimo trasse un respiro. Senti, adesso sei qui e devi andare fino in fondo.

– Quello che vorrei sapere, signor notaio, sono i termini della donazione che Sirio Fabbricotti ha stilato nei confronti del figlio Giacomo, qualche anno fa.

– A quale donazione si riferisce?

– Alla donazione con la quale Sirio Fabbricotti lasciava il suo patrimonio al figlio Giacomo, escludendo dalla stessa la moglie Marina in virtù di una rinuncia scritta redatta da lei stessa.

Il notaio continuò a guardarlo con lo stesso sguardo neutro.

– E lei come lo sa?

Cazzo. Lo vedi, disse Massimo Bravo Bambino, cosa succede a fare il furbo su cose che non conosci?

Stai zitto e lasciami concentrare, segaiolo, disse l'altro Massimo.

– Siamo un paese piccolo. La gente mormora.

Il notaio guardò Massimo alzando un sopracciglio.

– Visto che la gente è così ben informata, dovrebbe sapere anche questo. Ma non importa. Gli interessati sono deceduti, i loro testamenti, quando presenti, sono stati letti e le loro disposizioni eseguite. Le interessa il dettaglio o posso spiegarle in modo informale?

Adesso il tono del notaio era decisamente sarcastico.

– Prego, come preferisce lei.

– Sirio Fabbricotti ha donato l'intero suo patrimonio, fatta salva una cifra da lui calcolata per la propria sopravvivenza e le proprie cure, al figlio Giacomo. Essendo all'epoca il figlio di, se ricordo bene, otto anni di età, ha nominato un tutore che dovesse gestire le sostanze in oggetto fino al raggiungimento della maggiore età.

– E questo tutore è lei?

– Precisamente.

Lo sguardo del notaio si perse per un attimo fuori dalla finestra.

– Non conoscevo Sirio Fabbricotti molto bene, ma ci fidavamo l'uno dell'altro. Ho preparato e seguito i rogiti di tutte le case che ha costruito e venduto, dalla prima all'ultima. Era una persona chiusa, riservata, e voleva a quel bimbo un bene dell'anima. Anche quando ha scoperto che non era suo.

Lo sguardo del notaio tornò su Massimo.

– In questo paese non si può diseredare un parente prossimo, nemmeno se lo si desidera. Anche quando viene lasciato un testamento, ai parenti diretti del de cuius, cioè del deceduto, spetta comunque una quota di legittima. Ma Sirio aveva trovato, secondo lui, il modo di escludere la moglie dal testamento. Le ha messo di fronte un'ipotesi. O firmi la rinuncia ad avanzare diritti sulla donazione, le disse, oppure... – il notaio sorrise – ... oppure ti sbugiardo di fronte a tutti e chiedo il divorzio. Tutti sapranno che Giacomo non è figlio mio, e restate senza un quattrino tu e lui. Marina ha firmato.

– Ho capito. Per cui il Fabbricotti ha donato quasi per intero il patrimonio a Giacomo, ed ha nominato lei amministratore dei suoi beni, fino alla maggiore età.

Il notaio annuì, mostrando le palme, come a dire che lo trovava ovvio.

– Mi scusi, ma lei ha detto prima che i testamenti sono stati letti ed eseguiti, quando presenti. C'erano altri testamenti, oltre a quello del Fabbricotti?

– No, era un plurale di tipo, diciamo così, generale. In realtà l'unico testamento era quello di Sirio. Giacomo e Marina sono morti senza lasciare disposizioni.

– Ho capito. E quindi, cosa è successo?
– È successo quello che prevede la legge. Essendo Giacomo Fabbricotti morto senza eredi, l'intera quota passa ai parenti di primo grado. Ovvero, in questo caso, Marina Corucci.
– Per cui, alla fine, nel breve lasso di tempo in cui è sopravvissuta, Marina Corucci aveva ereditato l'intero patrimonio del Fabbricotti.
– Esattamente.
– E quanti soldi sarebbero, più o meno?
Il notaio lo guardò sorridendo.
– Un bel po'. Non scendo nei dettagli, ma la donazione del Fabbricotti era dell'ordine di milioni di euro.
– Ho capito. Io però non le ho chiesto questo.
Il notaio lo guardò con un dente di meno nel sorriso.
– Io le ho chiesto quanti soldi sarebbero adesso. C'è stata la crisi, lo sa bene anche lei. Se un amministratore avesse investito quei soldi in titoli, o se ci avesse speculato, avrebbe potuto perderne una grossa parte. Sa com'è.
Il notaio adesso non sorrideva più.
– Per cui, se dopo l'incidente Marina Corucci si fosse ripresa, avrebbe potuto avere varie sorprese. E, alla fine, avrebbe potuto scoprire di aver ereditato un pugno di mosche, o poco più. Secondo me si sarebbe arrabbiata con l'amministratore.
Il notaio rimase seduto, ma incrociò le gambe.
– Lei non ha nessun titolo per chiedermi questa informazione.

– Io no.

Il notaio lo guardò per qualche secondo. Poi, improvvisamente, scosse la testa.

– Lo sa perché mi sono candidato al Senato, a questa buffonata delle elezioni suppletive?

– No. Perché?

– Perché ero consapevole che non sarei mai stato eletto. Sono nato e cresciuto qui, e il potere non mi ha mai interessato. Ho sempre fatto politica, è vero, ma più per inerzia che per interesse. Per di più, rappresento un partito che, anche quando in Italia era una balena bianca, qui da queste parti è sempre stato una sogliolaletta, schiacciato dal partito dei lavoratori e da tutte le sue propaggini.

Il notaio si alzò e andò ad accendere il monitor del computer, che si trovava all'altro angolo della scrivania da contrammiraglio.

– E adesso, con tutta questa storia, rischio di ritrovarmici davvero, a Roma, a fare il senatore. A rappresentare il mio paese in un momento in cui la politica è quella che è; e la cosa, devo dire, non mi dispiace affatto. Adesso che sono in corsa, perdere mi peserebbe. E rinunciare mi peserebbe ancora di più.

Mentre parlava, il notaio cominciò a digitare sulla tastiera, con dita lente ma sicure.

– Mi peserebbe ritirarmi perché si mettono in giro voci che non rispondono al vero. È l'unico motivo per cui le mostro quanto sto per mostrarle.

Dopo un ultimo colpo di mouse, il notaio girò il monitor e mostrò a Massimo lo schermo.

La schermata era quella di una banca italiana, bianca e arancione, e mostrava le rendicontazioni di un fondo di investimento.

Il fondo era individuato come «19062004 – Fondo fiduciario eredi Fabbricotti».

La cifra iniziale era di sei milioni e quattrocentoventimila euro circa.

Quella attuale era di oltre sette milioni.

Sorridendo, Massimo lesse la schermata, poi si alzò e tese la mano al notaio, che gliela strinse. Quindi, mentre il notaio rimetteva a posto il monitor, si schiarì la voce e disse:

– Mi scusi l'ardire, ma avrei un'ultima domanda. Anche Marina Corucci è morta senza testamento, se ho capito bene.

– Esatto.

– E chi sarebbero i suoi eredi?

– Il suo unico parente in vita di grado successivo al primo, cioè il fratello. Padre Adriano Corucci, del convento di Santa Luce.

Dodici

Padre Adriano Corucci
Missione Francescana di Banakare
Ulongwe-Malawi

Caro padre Adriano,

mi sono deciso a scriverle dopo alcuni giorni di dubbio questa lettera che riguarda la morte di sua sorella Marina.

Prima che lei inizi a leggere, premetto due cose: in primo luogo, non le scrivo spinto da desiderio di giustizia, ma solo per curiosità. Quello che mi interessa non è vedere punito un colpevole, perché a mio modo di vedere non ci sono colpevoli in questa vicenda, ma solo sapere se il modo in cui ho ricostruito la vicenda è corretto e le cose sono andate veramente così come le scrivo.

In secondo luogo, coerentemente con quanto ho scritto prima, non ho riferito a nessuno (né amici, né inquirenti) le mie conclusioni, che adesso le esporrò.

Questo non per codardia, o per mancanza di prove, ma perché in passato ho contribuito a mandare in carcere una persona per un delitto di cui si era resa responsabile, anche se aveva agito in modo più sconsiderato che non volontario. E, a tutt'oggi, questo atto mi pesa.

In seguito a quella vicenda, mi ero ripromesso di farmi gli affari miei e di non cacciare più il naso nelle vicende che non mi riguardavano direttamente, per non fare altri casini. Ma la curiosità e l'orgoglio personale, la tentazione di vedere se ero capace di capire, sono sempre stati più forti della mia volontà.

Nell'arrivare a queste conclusioni, ho agito per esclusione: ho eliminato una ad una le persone sospettabili dall'elenco dei possibili assassini, mano a mano che acquisivo informazioni ulteriori sull'argomento.

Ho cominciato a interessarmi della morte di sua sorella quando lei è passato dal bar, a bere una coca. Dopo qualche giorno, e dopo aver preso informazioni in un modo leggermente disonesto, sono giunto alla conclusione che chiunque avesse ucciso sua sorella si fosse deciso ad agire solo dopo l'incidente d'auto perché, prima di quell'incidente, le motivazioni per uccidere non sussistevano. In parole povere, prima dell'incidente a nessuno era mai saltato in mente di uccidere Marina.

Come forse saprà, in questo momento gli unici due indagati per l'omicidio sono Stefano Carpanesi e la moglie, Angelica Carrus. Il movente che avrebbe potuto animare i due sarebbe stato il medesimo: il fatto che Marina stava estorcendo dei soldi al Carpanesi, ricattandolo con la possibilità di rivelare al mondo che aveva un figlio illegittimo e rovinandogli matrimonio e carriera politica. Particolari, questi ultimi, a cui teneva anche la dottoressa Carrus.

Ma il Carpanesi non ha mai avuto l'effettiva occasione di uccidere Marina: nell'unica sua visita in ospedale era accompagnato da quattro persone, e per fare quello che è stato fatto era necessario essere da soli. Per cui, il Carpanesi non ha avuto l'occasione.

Quanto a sua moglie, si era informata sulle condizioni di Marina e, da neurologa, si era resa benissimo conto che da quell'incidente Marina non si sarebbe ripresa mai. I traumi riportati avevano danneggiato l'encefalo in modo irreversibile. Quella che attendeva Marina era una vita da vegetale, e la Carrus lo sapeva. Per cui, la Carrus non aveva alcun movente per uccidere Marina. Inoltre, il metodo scelto per l'omicidio ha funzionato, mi scusi se mi permetto, per puro culo; nemmeno un medico laureato al CEPU *l'avrebbe scelto per uccidere qualcuno.*

Il problema è che ho capito che l'incidente d'auto era stato fondamentale nel creare il movente dell'omicidio, ma ho travisato il movente stesso. Quando sono venuto a sapere delle disposizioni testamentarie di Sirio Fabbricotti, ho capito che la morte di suo nipote Giacomo aveva creato una situazione grottesca: Marina, esclusa dal marito dai beni di famiglia, ne rientrava in possesso a causa della morte del figlio.

O meglio: ereditava quello che era stato affidato alle cure del notaio Aloisi.

A nessuno è venuto in mente che il notaio avrebbe potuto investire i soldi che gli erano stati affidati in modo poco oculato, o semplicemente sfortunato. Avrebbe, per esempio, potuto investire il tutto in titoli che hanno perso valore a seguito della crisi. O avrebbe potuto usare quei soldi per speculare dopo aver perduto i propri, sempre in seguito alla crisi.

Il notaio avrebbe potuto, quindi, avere un movente: evitare di dover spiegare a sua sorella dove era finita la sua eredità, nel caso in cui si fosse ripresa.

Però, tutte queste supposizioni erano nient'altro che fantasie; plausibili, ma alla prova dei fatti errate. Perché il fondo fiduciario su cui il notaio ha riposto la donazione Fabbricotti gode di ottima salute, come ho potuto verificare con i miei occhi. Per cui, il notaio non ha movente. Quanto all'occasione, era necessario entrare in un reparto ospedaliero di quelli poco accessibili, come la terapia intensiva, senza venire notati. Non facile.

In qualsiasi posto, per non essere notati basta far parte della routine. Quindi, se uno in ospedale non vuole farsi notare, deve essere un medico, o un infermiere, o un portantino. Uno in divisa bianca o verde. Ma c'è un'altra divisa che non attira l'attenzione in ospedale. La tonaca di un frate.

Quando mi sono operato di appendicite, la sera passava sempre un vecchio frate a sentire se i piccoli degenti volevano scambiare due parole, o se faceva loro piacere una benedizione. Era un vecchio sdentato e rompicoglioni, e tutte le volte che entrava mi toccavo palesemente le balle sotto le coperte, sperando che se ne accorgesse e non tornasse più. Ma mi sono informato: a quanto pare, i frati dentro l'ospedale continuano ad esserci, e ogni tanto qualcuno di loro passa a dare conforto agli ammalati.

La possibilità che potesse essere stato lei mi è venuta in mente mentre giocavo a biliardo, e mi sono ritrovato a do-

vere tirare un filotto. Il filotto è un colpo d'attacco, distruttivo e che porta tanti punti: ma si può tirare solo quando ci sono le condizioni, che sono tanto più stringenti quanto più il giocatore è scarso. Ora, io sono un giocatore scarso, e filotti non ne tiro quasi mai. Ma in quel caso era la cosa giusta da fare.

E mi è venuto in mente che a lei poteva essere venuto in mente lo stesso.

Lei è una persona che non farebbe del male ad una mosca; e l'unica possibilità che lei uccida qualcuno è che lo faccia per risparmiargli sofferenze. Non per cattiveria, ma per umana pietà. Il movente, quindi, era qualcosa che si era verificato come conseguenza dell'incidente: ma la conseguenza non era finanziaria. (È strano come l'ambiente condizioni il nostro modo di pensare: in questo mondo del menga, ormai siamo abituati a pensare ai soldi come primo movente per qualsiasi cosa). Invece, la conseguenza era umana: sua sorella aveva riportato danni irreversibili.

Le risparmio i dettagli; ma sono arrivato alla conclusione che quando lei si è reso conto del tipo di futuro che aspettava sua sorella, abbia agito.

Non lo ha fatto per arricchirsi personalmente, questo lo so; mi sono informato, e so che lei ha creato una fondazione in Malawi per la costruzione di servizi, aprendola con i soldi dell'eredità, e lasciandola poi ad una società di gestione seria.

Mi chiedo, e le chiedo, se i soldi non abbiano pesato: se la visione di questi soldi, che giacevano inutili ed inutilizzabili insieme a sua sorella, e la rabbia nel non poter-

li usare per fare qualcosa di buono non abbia agito da catalizzatore per quello che credo lei abbia fatto. Se è stato così, per quanto può servire, sappia che io non posso e non voglio giudicarla. E non voglio che altri lo facciano; per quello che mi riguarda, non riesco a concepire quello che lei ha fatto come un reato.

La pregherei, però, di rispondere con sincerità a questa lettera. Sia che abbia ragione, sia che abbia torto. Non ho prove a suo carico, come le ho detto e come lei saprà; e l'unico modo per sapere se ho ragione è che lei me lo confermi.

Cordialmente

MASSIMO VIVIANI

Epilogo

Dopo aver parcheggiato, Massimo uscì dall'auto e guardò per un momento il palloncino bianco vezzosamente legato all'antenna della radio, incerto se toglierlo o meno. Dopo un attimo di dubbio, lo slegò e si riannodò il filo al dito, quindi iniziò a cercare le chiavi di casa.

Il matrimonio, tutto sommato, era stato divertente. Un po' perché Marchino e la sua compagnia di amici erano decisamente dei casinisti di prima forza, ma in modo garbato, mai fastidioso. Un po' perché Massimo era riuscito a vendicarsi dello scherzo che gli aveva giocato Tiziana, quando gli aveva chiesto un favore in cambio della ricerca dell'incartamento Fabbricotti nello studio del notaio.

– Ma perché io?

– Perché non lo fa nessun altro. Son quasi tutti atei, oppure non vanno in chiesa da una vita. La prima lettura chi me la legge l'ho trovato. Me ne manca uno.

– A maggior ragione: perché io? Anche io sono ateo. Scusa, sai, ma mi sento in imbarazzo.

– Figuriamoci – disse Aldo. – Te ti sei presentato al

tuo esame di laurea con le pinne ai piedi, e ti vergogni di leggere un pezzo della Bibbia in chiesa?

– Era una scommessa. E poi, qualcuno in questo bar potrebbe cominciare a farsi i cazzacci suoi? Così, tanto per provare qualcosa di nuovo?

– Dai Massimo, per favore...

E aveva continuato a dargli il tormento per tutto il giorno, finché non aveva acconsentito.

– Va bene, Tiziana, ma a un patto. Il brano lo scelgo io.

– Deve venire dalla Bibbia, lo sai? Dalle lettere di San Paolo

– Certo. Dalle lettere di San Paolo. La seconda lettura. Qualcosa ancora mi ricordo.

E così, dopo la lettura dei Salmi, Massimo si era avviato verso l'ambone e aveva aperto la Bibbia alla pagina stabilita. Di fronte a lui, Tiziana e Marchino stavano in posa, compiti, con le mani appoggiate sull'inginocchiatoio. Schiaritosi la voce, Massimo aveva cominciato scandendo con chiarezza:

– Dalla lettera di San Paolo agli Efesini –. E, con tono solenne, aveva continuato: – Siate sottomessi gli uni agli altri nel timore di Cristo. Le mogli siano sottomesse ai propri mariti come al Signore, essendo il marito capo della moglie come anche Cristo è capo della chiesa, il salvatore del corpo.

Dopo un respiro teatrale, e dopo aver guardato gli sposi con sguardo eloquente, come a dire «parole sante», Massimo era andato avanti con aria da predicatore:

– Ma come la chiesa è sottomessa a Cristo, così anche le mogli siano sottomesse ai mariti – Massimo aveva preso un altro respiro enfatizzante, per terminare scandendo gravemente – in tutto.

Dopo un attimo di pausa, aveva sorriso a Tiziana e aveva concluso, come a giustificarsi: – Parola di Dio.

– Rendiamo grazie a Dio, – aveva detto Tiziana a denti stretti.

– Ma c'è scritto davvero quelle 'ose nella Bibbia?

– Certo. Lettera agli Efesini, capitolo cinque, versetti dal ventuno al ventisei. San Paolo, mica seghe. Anche se questa lettera è di attribuzione incerta. Comunque la chiesa l'ha accolta ufficialmente come parola di Dio, per cui...

Nel fresco dei primi di settembre, Massimo si stava godendo il rinfresco, per una volta cliente e non servitore. Intorno a lui, come per naturale empatia, si erano radunati i vecchietti, invitati in blocco al matrimonio con tanto di signore: nonna Tilde – grassa, impacciata di movimenti ma efficacissima di mascella, che aveva già fatto sparire imbarazzanti quantità di tartine sottolineando che lei le faceva meglio – aveva guidato le altre consorti al tavolo della sposa, per lodarne l'abito e il marito.

– Mamma mia, che risate mi sono fatto – disse Aldo arrivando al tavolo con un prosecchino in mano, e l'altra mano ingabbiata nel prolungamento di un busto di gesso, a palmo in giù e gomito piegato, in qualcosa che ricordava vagamente un saluto romano poco convinto. – Mi dispiace solo essermi perso lo sguardo di Tiziana. Ascolta, Massimo, già che sei qui, me la spieghi una cosa che non mi hai mai spiegato?

– Hai voglia.

Basta che non si parli del delitto. Per un attimo, Massimo cessò di rilassarsi.

– La storia della scommessa. Io da quando sono cascato dalla scala al bar non ci sono più venuto, e se lo hai spiegato a loro non lo so, ma a me di sicuro non lo ha detto nessuno.

Massimo respirò, rinfrancato. La scommessa del ristorante. Se ne era completamente dimenticato.

– Il problema è il seguente – cominciò Massimo di fronte all'uditorio schierato. – Prendiamo un certo numero di persone. Che so, quarantadue. Che probabilità ho che almeno due siano nate nello stesso giorno dell'anno?

– De', quarantadue diviso trecentosessantacinque – disse Ampelio.

– Bravo. Bel ragionamento. Lo ha fatto anche Aldo, e cosa è successo? Il bigliettone verde con la finestra barocca è arrivato da Massimo. Il fatto è che quarantadue diviso trecentosessantacinque è la probabilità che una di queste persone sia nata *un giorno particolare dell'anno.* Che so, il tredici agosto, o il primo febbraio. In realtà, il modo corretto di affrontare il problema è di chiedersi quante possibili *coppie* di persone sono presenti, e che probabilità uno dei due appartenenti alla coppia ha di essere nato lo stesso giorno dell'altro. Per cui, se io fossi uno dei quarantadue, ci sarebbero quarantuno probabilità su trecentosessantacinque, ovvero circa l'undici per cento, che qualcuno sia nato il mio stesso giorno, e cioè l'otto febbraio. Ma se nessuno è nato il mio stesso giorno, poco male. Prendiamo un'altra persona di riferimento, in fondo ce ne sono ancora quarantuno, e ripetiamo il calcolo. Quaranta su trecentosessantacinque, un altro dieci per cento circa, che si somma alla probabilità precedente. E così via. È un'approssimazione, perché il calcolo corretto è lievemente più complicato, ma rende l'idea. Man mano che vado avanti, aggiungo un termine – sempre più piccolo, perché non posso considerare due volte la stessa coppia, e quindi le persone di riferimento vanno scartate mano a mano che il calcolo procede – e la probabilità si impenna. Tanto per essere chiari, già con venticinque persone la probabilità che due di questi tizi siano nati lo stesso giorno è superiore al cinquanta per cento. Con quarantadue, diciamo che ho giocato in modo sleale.

– Ah. Però – disse Aldo. – Non è per niente intuitivo.

– Per nulla. È il bello della matematica: molto spesso è controintuitiva. La realtà è più complicata di come te la aspetteresti già quando si parla di numeri interi. Figurati il resto.

– De', però non è intuitiva per noi, che siamo poveri zucconi 'gnoranti – disse Pilade. – Se uno è 'ntelligente e ha studiato, vedrai che anche a braccio a certe cose ci arriva giusto lo stesso.

– Non è detto. L'esempio più bello viene proprio dalle probabilità.

Massimo annusò il suo prosecco, lasciando che il microscopico scoppiare delle bollicine gli titillasse il naso.

– La teoria delle probabilità è nata con una lettera di Blaise Pascal a Pierre de Fermat, nella quale Pascal gli esponeva un problema: due giocatori stanno giocando a dadi, dopo aver deciso che la partita verrà vinta da quello che farà il punteggio più elevato al meglio dei dieci lanci. Se la partita viene interrotta, come si devono ripartire la posta i giocatori in base alle probabilità che entrambi avrebbero di vincere la partita, nel caso in cui questa venisse continuata?

– Eh. Come si fa? – disse Pilade.

– Come si fa, Fermat lo capì al volo. Era un genio, dopotutto. E, nella sua lettera successiva, lo spiegò a Pascal. E Pascal, che era a sua volta un genio, non capì. Riscrisse a Fermat, proponendogli la propria soluzione, che Fermat dimostrò essere sbagliata. E Pascal continuò a non capire. Insomma, per farla breve, Pascal non riusciva a capire una cosa – la teoria delle probabilità, nella più semplice delle sue applicazioni – che oggi viene padroneggiata dagli studenti universitari. Ed era Pascal, mica un fesso qualsiasi. Non è detto che essere un genio significhi avere ragione per forza, se ragioni su un problema in modo astratto senza provare a risolverlo in concreto.

I quattro vecchietti si guardarono con aria assente.

– Avete visto com'è la sorellina di Tiziana? – disse il Rimediotti.

– Davvero – approvò Pilade. – Falla crescere, e anche lei diventa un gioiellino.

Massimo si ritirò nel prosecco.

Arrivato al cancello, Massimo lo aprì con cura e si ritrovò in giardino. Come sempre, in quei primi giorni, si guardò intorno e percorse il vialetto a passi lenti ed orgogliosi, resistendo alla tentazione di camminare sull'erba. Cosa che avrebbe fatto dopo, a piedi nudi.

Entrò nel soggiorno, si tolse le scarpe e si accomodò in poltrona, a guardare il giardino.

Da quando aveva cambiato casa, tornare a casa era ridiventato un piacere.

Massimo ci aveva messo molto tempo a capire che tornare nell'appartamento dove aveva vissuto con la moglie era una delle parti peggiori della giornata; la paura del lettone vuoto, i primi giorni, e la tristezza, tutti quelli successivi. Il non usare alcuni elettrodomestici, il non entrare mai in una determinata stanza. E soprattutto le condizioni indecenti in cui l'appartamento si era piano piano ritrovato, e su cui Massimo rifiutava di intervenire. Perché tanto, si diceva, è una situazione temporanea. E certe volte non c'è niente di più definitivo del provvisorio.

Dopo aver visto quella casetta con Enrico, era scattato qualcosa. Aveva fatto due conti, aveva visto che sì, vendendo quell'altra poteva comprare senza accendere nessun mutuo, e aveva deciso. Adesso viveva a Pineta, non più a Pisa. Niente più levatacce orrende, niente più parcheggi che assomigliavano a una partita di Tetris, e una casa vera in cui mettere le tende, al posto del bar che gli aveva fatto da casa negli ultimi anni. Adesso, il bar tornava ad essere lavoro, e basta.

C'era il problema della nuova ragazza, ma anche quello si sarebbe risolto. Due pomeriggi prima aveva fatto il colloquio ad una tipa ucraina, che gli sembrava una a posto. E, quasi quasi, era tentato di chiudere le consultazioni. Certo, non era decorativa come Tiziana, ma se ne aspettava un'altra così faceva in tempo ad andare in pensione.

Dopo qualche minuto di relax, Massimo andò a mettere a posto le scarpe; e, passando vicino alla porta, vide che la cassetta della posta era piena. Mise la mano dentro, e ne ritirò una busta bianca, scritta con una calligrafia faticosa, che veniva via aerea. Dal Malawi.

Massimo incominciò a leggere, con la lettera in una mano e una scarpa nell'altra.

Caro Massimo,

spero che tu stia bene e così i tuoi cari. Qui si sta bene, fa molto caldo ma è un caldo secco, che non opprime e non ferisce, ma fa venire molto sonno. E dormire non si può, c'è da lavorare tanto e bene.

La tua lettera mi ha colpito, e mi ha commosso fino alle lacrime, non so se di tristezza per aver ricordato la scomparsa di Giacomo e di Marina, o se di sollievo per aver visto che qualcuno ha capito quello che ho fatto, e mi ha perdonato. Perché nella tua lettera io leggo il tuo perdono, e ringrazio Cristo di avertela fatta scrivere.

Io sono un povero francescano ignorante, ma quando so-

no andato la prima volta in ospedale con me è venuto il mio priore che come forse sai è stato un medico valente, e lui ha parlato con i medici e ha visionato le lastre. Quando siamo tornati indietro mi ha detto che Marina, ormai, era solo un corpo, e che sperare era lodevole e doveroso, ma inutile. Queste sono le parole che mi accompagnano ogni giorno.

Ogni giorno, il fratello di Marina ripete a padre Adriano che sua sorella era già morta, che la sua coscienza non esisteva più, che Marina non avrebbe più amato nessuno, e che la sua esistenza era solo meccanica. E ogni notte, padre Adriano ricorda al fratello di Marina che se non avesse fatto niente, sua sorella sarebbe ancora viva.

I soldi che sono venuto ad ereditare serviranno a molte cose, qui: per questo li ho donati, creando una fondazione che porta il nome di mia sorella e di mio nipote. Come sai, io ho fatto voto di povertà, e quei soldi non avrebbero potuto essere miei. Spero che qui non vadano dispersi, così come avevo paura che succedesse là, dove sarebbero rimasti nel limbo. È vero che i soldi non sono niente per me: ma a questa gente servono aiuti concreti. Biciclette, cibo, strade; le preghiere verranno dopo, ma prima di ringraziare il Signore bisogna avere qualcosa per farlo.

Dopo che è stato scoperto che mia sorella era stata aiutata a morire, per ottenere questi soldi ho dovuto fare uso di una piccola malizia, e rivelare quello che mi aveva detto Stefano in confessione. In questo modo, ho avuto la sicurezza di non essere indagato per il delitto. Quanto a Stefano, mi sono tenuto in contatto con il mio priore chiedendone notizie; se fosse stato condannato, avevo deciso che mi sarei presentato e costituito, perché un innocente non pagasse per me.

La cosa importante per me era usare i soldi di cui ero venuto in possesso per la missione, e questo ormai sono riuscito a farlo.

Se qualcosa di buono dovesse venire da quello che ho fatto, il merito non sarà mio. Lo prenderò come un segnale che il Signore mi ha perdonato, così come credo che tu, Massimo, abbia fatto.

Pace e bene, e che il Signore ti accompagni

P. ADRIANO

Massimo rilesse la lettera un'ultima volta a letto, prima di spegnere la luce. E, dopo averla riletta, si stiracchiò e si infilò sotto le lenzuola, pregustando una bella dormita che stanotte, ne era sicuro, sarebbe arrivata.

E domani vado al lavoro a piedi.

Incipit vita nova.

Pisa, 23 giugno 2009

Per finire

Spero di ricordarmi tutte le persone che mi hanno aiutato a scrivere questo libro; non sono poche, ma ci proverò.

Grazie a Cristiano Birga, che mi ha guidato attraverso le procedure di polizia e mi ha illustrato le risorse della polizia informatica, dovrei aver commesso un numero limitato di strafalcioni legato a questo aspetto.

Grazie a Laura Caponi e Federico Soldani, precisissimi sia sotto l'aspetto medico che sotto quello letterario, sono venuto a sapere che non tutto quello che uccide nei film è letale anche nella realtà.

La storia dettagliata di Vagli di Sotto mi è stata raccontata da Rino Pescitelli; Anna Maria Fatti ha invece letto il manoscritto con precisione sovrumana, emendandolo da parecchi errori.

Poi, ringrazio i miei lettori fidati: Virgilio, Serena, Mimmo, Letizia, babbo e mamma (il fratello no, sostiene che porta bene leggerlo quando è stampato e quindi è rimasto eroicamente ignaro per un bel pezzo) e i cittadini di Olmo Marmorito (Davide, Olmo, Elena, Sara, il S'Indaco, Lentini, Massimo e il Capitano, in ordine rigorosamente a cavolo) che hanno letto il manoscritto in corso d'opera suggerendo, criticando, approvando e tenendo compagnia.

Infine, ringrazio Samantha, per aver tenuto Leonardo nascosto e silenzioso nel proprio pancione il tempo necessario a farmi finire di scrivere questo libro; un piccolo gesto che mi ha aiutato non poco. Adesso che c'è lui, di scrivere non se ne parla per un po'...

Indice

Il re dei giochi

Questo volume è stato stampato
su carta Palatina
delle Cartiere Miliani di Fabriano
nel mese di dicembre 2011
presso la Leva Arti Grafiche s.p.a. - Sesto S. Giovanni (MI)
e confezionato
presso IGF s.p.a. - Aldeno (TN)

La memoria

Ultimi volumi pubblicati

401 Andrea Camilleri. La voce del violino
402 Goliarda Sapienza. Lettera aperta
403 Marisa Fenoglio. Vivere altrove
404 Luigi Filippo d'Amico. Il cappellino
405 Irvine Welsh. La casa di John il Sordo
406 Giovanni Ferrara. La visione
407 Andrea Camilleri. La concessione del telefono
408 Antonio Tabucchi. La gastrite di Platone
409 Giuseppe Pitrè, Leonardo Sciascia. Urla senza suono. Graffiti e disegni dei prigionieri dell'Inquisizione
410 Tullio Pinelli. La casa di Robespierre
411 Mathilde Mauté. Moglie di Verlaine
412 Maria Messina. Personcine
413 Pierluigi Celli. Addio al padre
414 Santo Piazzese. La doppia vita di M. Laurent
415 Luciano Canfora. La lista di Andocide
416 D. J. Taylor. L'accordo inglese
417 Roberto Bolaño. La letteratura nazista in America
418 Rodolfo Walsh. Variazioni in rosso
419 Penelope Fitzgerald. Il fiore azzurro
420 Gaston Leroux. La poltrona maledetta
421 Maria Messina. Dopo l'inverno
422 Maria Cristina Faraoni. I giorni delle bisce nere
423 Andrea Camilleri. Il corso delle cose
424 Anthelme Brillat-Savarin. Fisiologia del gusto
425 Friedrich Christian Delius. La passeggiata da Rostock a Siracusa
426 Penelope Fitzgerald. La libreria
427 Boris Vian. Autunno a Pechino
428 Marco Ferrari. Ti ricordi Glauber

429 Salvatore Nicosia. Peppe Radar
430 Sergej Dovlatov. Straniera
431 Marco Ferrari. I sogni di Tristan
432 Ignazio Buttitta. La mia vita vorrei scriverla cantando
433 Sergio Atzeni. Raccontar fole
434 Leonardo Sciascia. Fatti diversi di storia letteraria e civile
435 Luisa Adorno. Sebben che siamo donne...
436 Philip K. Dick. Le tre stimmate di Palmer Eldritch
437 Philip K. Dick. Tempo fuori luogo
438 Adriano Sofri. Piccola posta
439 Jorge Ibargüengoitia. Due delitti
440 Rex Stout. Il guanto
441 Marco Denevi. Assassini dei giorni di festa
442 Margaret Doody. Aristotele detective
443 Noël Calef. Ascensore per il patibolo
444 Marie Belloc Lowndes. Il pensionante
445 Celia Dale. In veste di agnello
446 Ugo Pirro. Figli di ferroviere
447 Penelope Fitzgerald. L'inizio della primavera
448 Giuseppe Pitrè. Goethe in Palermo
449 Sergej Dovlatov. La valigia
450 Giulia Alberico. Madrigale
451 Eduardo Rebulla. Sogni d'acqua
452 Maria Attanasio. Di Concetta e le sue donne
453 Giovanni Verga. Felis-Mulier
454 Friedrich Glauser. La negromante di Endor
455 Ana María Matute. Cavaliere senza ritorno
456 Roberto Bolaño. Stella distante
457 Ugo Cornia. Sulla felicità a oltranza
458 Maurizio Barbato. Thomas Jefferson o della felicità
459 Il compito di latino. Nove racconti e una modesta proposta
460 Giuliana Saladino. Romanzo civile
461 Madame d'Aulnoy. La Bella dai capelli d'oro e altre fiabe
462 Andrea Camilleri. La gita a Tindari
463 Sergej Dovlatov. Compromesso
464 Thomas Hardy. Piccole ironie della vita
465 Luciano Canfora. Un mestiere pericoloso
466 Gian Carlo Fusco. Le rose del ventennio
467 Nathaniel Hawthorne. Lo studente
468 Alberto Vigevani. La febbre dei libri
469 Dezső Kosztolányi. Allodola
470 Joan Lindsay. Picnic a Hanging Rock

471 Manuel Puig. Una frase, un rigo appena
472 Penelope Fitzgerald. Il cancello degli angeli
473 Marcello Sorgi. La testa ci fa dire. Dialogo con Andrea Camilleri
474 Pablo De Santis. Lettere e filosofia
475 Alessandro Perissinotto. La canzone di Colombano
476 Marta Franceschini. La discesa della paura
477 Margaret Doody. Aristotele e il giavellotto fatale
478 Osman Lins. L'isola nello spazio
479 Alicia Giménez-Bartlett. Giorno da cani
480 Josephine Tey. La figlia del tempo
481 Manuel Puig. The Buenos Aires Affair
482 Silvina Ocampo. Autobiografia di Irene
483 Louise de Vilmorin. La lettera in un taxi
484 Marinette Pendola. La riva lontana
485 Camilo Castelo Branco. Amore di perdizione
486 Pier Antonio Quarantotti Gambini. L'onda dell'incrociatore
487 Sergej Dovlatov. Noialtri
488 Ugo Pirro. Le soldatesse
489 Berkeley, Dorcey, Healy, Jordan, MacLaverty, McCabe, McGahern, Montague, Morrissy, Ó Cadhain, Ó Dúill, Park, Redmond. Irlandesi
490 Di Giacomo, Dossi, Moretti, Neera, Negri, Pariani, Pirandello, Prosperi, Scerbanenco, Serao, Tozzi. Maestrine. Dieci racconti e un ritratto
491 Margaret Doody. Aristotele e la giustizia poetica
492 Theodore Dreiser. Un caso di coscienza
493 Roberto Bolaño. Chiamate telefoniche
494 Aganoor, Bernardini, Contessa Lara, Guglielminetti, Jolanda, Prosperi, Regina di Luanto, Serao, Térésah, Vertua Gentile. Tra letti e salotti
495 Antonio Pizzuto. Si riparano bambole
496 Paola Pitagora. Fiato d'artista
497 Vernon Lee. Dionea e altre storie fantastiche
498 Ugo Cornia. Quasi amore
499 Luigi Settembrini. I Neoplatonici
500
501 Alessandra Lavagnino. Una granita di caffè con panna
502 Prosper Mérimée. Lettere a una sconosciuta
503 Le storie di Giufà
504 Giuliana Saladino. Terra di rapina
505 Guido Gozzano. La signorina Felicita e le poesie dei «Colloqui»

506 Ackworth, Forsyth, Harrington, Holding, Melyan, Moyes, Rendell, Stoker, Vickers, Wells, Woolf, Zuroy. Il gatto di miss Paisley. Dodici racconti gialli con animali
507 Andrea Camilleri. L'odore della notte
508 Dashiell Hammett. Un matrimonio d'amore
509 Augusto De Angelis. Il mistero delle tre orchidee
510 Wilkie Collins. La follia dei Monkton
511 Pablo De Santis. La traduzione
512 Alicia Giménez-Bartlett. Messaggeri dell'oscurità
513 Elisabeth Sanxay Holding. Una barriera di vuoto
514 Gian Mauro Costa. Yesterday
515 Renzo Segre. Venti mesi
516 Alberto Vigevani. Estate al lago
517 Luisa Adorno, Daniele Pecorini-Manzoni. Foglia d'acero
518 Gian Carlo Fusco. Guerra d'Albania
519 Alejo Carpentier. Il secolo dei lumi
520 Andrea Camilleri. Il re di Girgenti
521 Tullio Kezich. Il campeggio di Duttogliano
522 Lorenzo Magalotti. Saggi di naturali esperienze
523 Angeli, Bazzero, Contessa Lara, De Amicis, De Marchi, Deledda, Di Giacomo, Fleres, Fogazzaro, Ghislanzoni, Marchesa Colombi, Molineri, Pascoli, Pirandello, Tarchetti. Notti di dicembre. Racconti di Natale dell'Ottocento
524 Lionello Massobrio. Dimenticati
525 Vittorio Gassman. Intervista sul teatro
526 Gabriella Badalamenti. Come l'oleandro
527 La seduzione nel Celeste Impero
528 Alicia Giménez-Bartlett. Morti di carta
529 Margaret Doody. Gli alchimisti
530 Daria Galateria. Entre nous
531 Alessandra Lavagnino. Le bibliotecarie di Alessandria
532 Jorge Ibargüengoitia. I lampi di agosto
533 Carola Prosperi. Eva contro Eva
534 Viktor Šklovskij. Zoo o lettere non d'amore
535 Sergej Dovlatov. Regime speciale
536 Chiusole, Eco, Hugo, Nerval, Musil, Ortega y Gasset. Libri e biblioteche
537 Rodolfo Walsh. Operazione massacro
538 Turi Vasile. La valigia di fibra
539 Augusto De Angelis. L'Albergo delle Tre Rose
540 Franco Enna. L'occhio lungo
541 Alicia Giménez-Bartlett. Riti di morte

542 Anton Čechov. Il fiammifero svedese
543 Penelope Fitzgerald. Il Fanciullo d'oro
544 Giorgio Scerbanenco. Uccidere per amore
545 Margaret Doody. Aristotele e il mistero della vita
546 Gianrico Carofiglio. Testimone inconsapevole
547 Gilbert Keith Chesterton. Come si scrive un giallo
548 Giulia Alberico. Il gioco della sorte
549 Angelo Morino. In viaggio con Junior
550 Dorothy Wordsworth. I diari di Grasmere
551 Giles Lytton Strachey. Ritratti in miniatura
552 Luciano Canfora. Il copista come autore
553 Giuseppe Prezzolini. Storia tascabile della letteratura italiana
554 Gian Carlo Fusco. L'Italia al dente
555 Marcella Cioni. La porta tra i delfini
556 Marisa Fenoglio. Mai senza una donna
557 Ernesto Ferrero. Elisa
558 Santo Piazzese. Il soffio della valanga
559 Penelope Fitzgerald. Voci umane
560 Mary Cholmondeley. Il gradino più basso
561 Anthony Trollope. L'amministratore
562 Alberto Savinio. Dieci processi
563 Guido Nobili. Memorie lontane
564 Giuseppe Bonaviri. Il vicolo blu
565 Paolo D'Alessandro. Colloqui
566 Alessandra Lavagnino. I Daneu. Una famiglia di antiquari
567 Leonardo Sciascia scrittore editore ovvero La felicità di far libri
568 Alexandre Dumas. Ascanio
569 Mario Soldati. America primo amore
570 Andrea Camilleri. Il giro di boa
571 Anatole Le Braz. La leggenda della morte
572 Penelope Fitzgerald. La casa sull'acqua
573 Sergio Atzeni. Gli anni della grande peste
574 Roberto Bolaño. Notturno cileno
575 Alicia Giménez-Bartlett. Serpenti nel Paradiso
576 Alessandro Perissinotto. Treno 8017
577 Augusto De Angelis. Il mistero di Cinecittà
578 Françoise Sagan. La guardia del cuore
579 Gian Carlo Fusco. Gli indesiderabili
580 Pierre Boileau, Thomas Narcejac. La donna che visse due volte
581 John Mortimer. Avventure di un avvocato
582 François Fejtö. Viaggio sentimentale
583 Pietro Verri. A mia figlia

584 Toni Maraini. Ricordi d'arte e prigionia di Topazia Alliata
585 Andrea Camilleri. La presa di Macallè
586 Guillaume Prévost. I sette delitti di Roma
587 Margaret Doody. Aristotele e l'anello di bronzo
588 Guido Gozzano. Fiabe e novelline
589 Gaetano Savatteri. La ferita di Vishinskij
590 Gianrico Carofiglio. Ad occhi chiusi
591 Ana María Matute. Piccolo teatro
592 Mario Soldati. I racconti del Maresciallo
593 Benedetto Croce. Luisa Sanfelice e la congiura dei Baccher
594 Roberto Bolaño. Puttane assassine
595 Giorgio Scerbanenco. La mia ragazza di Magdalena
596 Elio Petri. Roma ore 11
597 Raymond Radiguet. Il ballo del conte d'Orgel
598 Penelope Fitzgerald. Da Freddie
599 Poesia dell'Islam
600
601 Augusto De Angelis. La barchetta di cristallo
602 Manuel Puig. Scende la notte tropicale
603 Gian Carlo Fusco. La lunga marcia
604 Ugo Cornia. Roma
605 Lisa Foa. È andata così
606 Vittorio Nisticò. L'Ora dei ricordi
607 Pablo De Santis. Il calligrafo di Voltaire
608 Anthony Trollope. Le torri di Barchester
609 Mario Soldati. La verità sul caso Motta
610 Jorge Ibargüengoitia. Le morte
611 Alicia Giménez-Bartlett. Un bastimento carico di riso
612 Luciano Folgore. La trappola colorata
613 Giorgio Scerbanenco. Rossa
614 Luciano Anselmi. Il palazzaccio
615 Guillaume Prévost. L'assassino e il profeta
616 John Ball. La calda notte dell'ispettore Tibbs
617 Michele Perriera. Finirà questa malìa?
618 Alexandre Dumas. I Cenci
619 Alexandre Dumas. I Borgia
620 Mario Specchio. Morte di un medico
621 Giorgio Frasca Polara. Cose di Sicilia e di siciliani
622 Sergej Dovlatov. Il Parco di Puškin
623 Andrea Camilleri. La pazienza del ragno
624 Pietro Pancrazi. Della tolleranza
625 Edith de la Héronnière. La ballata dei pellegrini

626 Roberto Bassi. Scaramucce sul lago Ladoga
627 Alexandre Dumas. Il grande dizionario di cucina
628 Eduardo Rebulla. Stati di sospensione
629 Roberto Bolaño. La pista di ghiaccio
630 Domenico Seminerio. Senza re né regno
631 Penelope Fitzgerald. Innocenza
632 Margaret Doody. Aristotele e i veleni di Atene
633 Salvo Licata. Il mondo è degli sconosciuti
634 Mario Soldati. Fuga in Italia
635 Alessandra Lavagnino. Via dei Serpenti
636 Roberto Bolaño. Un romanzetto canaglia
637 Emanuele Levi. Il giornale di Emanuele
638 Maj Sjöwall, Per Wahlöö. Roseanna
639 Anthony Trollope. Il Dottor Thorne
640 Studs Terkel. I giganti del jazz
641 Manuel Puig. Il tradimento di Rita Hayworth
642 Andrea Camilleri. Privo di titolo
643 Anonimo. Romanzo di Alessandro
644 Gian Carlo Fusco. A Roma con Bubù
645 Mario Soldati. La giacca verde
646 Luciano Canfora. La sentenza
647 Annie Vivanti. Racconti americani
648 Piero Calamandrei. Ada con gli occhi stellanti. Lettere 1908-1915
649 Budd Schulberg. Perché corre Sammy?
650 Alberto Vigevani. Lettera al signor Alzheryan
651 Isabelle de Charrière. Lettere da Losanna
652 Alexandre Dumas. La marchesa di Ganges
653 Alexandre Dumas. Murat
654 Constantin Photiadès. Le vite del conte di Cagliostro
655 Augusto De Angelis. Il candeliere a sette fiamme
656 Andrea Camilleri. La luna di carta
657 Alicia Giménez-Bartlett. Il caso del lituano
658 Jorge Ibargüengoitia. Ammazzate il leone
659 Thomas Hardy. Una romantica avventura
660 Paul Scarron. Romanzo buffo
661 Mario Soldati. La finestra
662 Roberto Bolaño. Monsieur Pain
663 Louis-Alexandre Andrault de Langeron. La battaglia di Austerlitz
664 William Riley Burnett. Giungla d'asfalto
665 Maj Sjöwall, Per Wahlöö. Un assassino di troppo

666 Guillaume Prévost. Jules Verne e il mistero della camera oscura
667 Honoré de Balzac. Massime e pensieri di Napoleone
668 Jules Michelet, Athénaïs Mialaret. Lettere d'amore
669 Gian Carlo Fusco. Mussolini e le donne
670 Pier Luigi Celli. Un anno nella vita
671 Margaret Doody. Aristotele e i Misteri di Eleusi
672 Mario Soldati. Il padre degli orfani
673 Alessandra Lavagnino. Un inverno. 1943-1944
674 Anthony Trollope. La Canonica di Framley
675 Domenico Seminerio. Il cammello e la corda
676 Annie Vivanti. Marion artista di caffè-concerto
677 Giuseppe Bonaviri. L'incredibile storia di un cranio
678 Andrea Camilleri. La vampa d'agosto
679 Mario Soldati. Cinematografo
680 Pierre Boileau, Thomas Narcejac. I vedovi
681 Honoré de Balzac. Il parroco di Tours
682 Béatrix Saule. La giornata di Luigi XIV. 16 novembre 1700
683 Roberto Bolaño. Il gaucho insostenibile
684 Giorgio Scerbanenco. Uomini ragno
685 William Riley Burnett. Piccolo Cesare
686 Maj Sjöwall, Per Wahlöö. L'uomo al balcone
687 Davide Camarrone. Lorenza e il commissario
688 Sergej Dovlatov. La marcia dei solitari
689 Mario Soldati. Un viaggio a Lourdes
690 Gianrico Carofiglio. Ragionevoli dubbi
691 Tullio Kezich. Una notte terribile e confusa
692 Alexandre Dumas. Maria Stuarda
693 Clemente Manenti. Ungheria 1956. Il cardinale e il suo custode
694 Andrea Camilleri. Le ali della sfinge
695 Gaetano Savatteri. Gli uomini che non si voltano
696 Giuseppe Bonaviri. Il sarto della stradalunga
697 Constant Wairy. Il valletto di Napoleone
698 Gian Carlo Fusco. Papa Giovanni
699 Luigi Capuana. Il Raccontafiabe
700
701 Angelo Morino. Rosso taranta
702 Michele Perriera. La casa
703 Ugo Cornia. Le pratiche del disgusto
704 Luigi Filippo d'Amico. L'uomo delle contraddizioni. Pirandello visto da vicino
705 Giuseppe Scaraffia. Dizionario del dandy
706 Enrico Micheli. Italo

707 Andrea Camilleri. Le pecore e il pastore
708 Maria Attanasio. Il falsario di Caltagirone
709 Roberto Bolaño. Anversa
710 John Mortimer. Nuovi casi per l'avvocato Rumpole
711 Alicia Giménez-Bartlett. Nido vuoto
712 Toni Maraini. La lettera da Benares
713 Maj Sjöwall, Per Wahlöö. Il poliziotto che ride
714 Budd Schulberg. I disincantati
715 Alda Bruno. Germani in bellavista
716 Marco Malvaldi. La briscola in cinque
717 Andrea Camilleri. La pista di sabbia
718 Stefano Vilardo. Tutti dicono Germania Germania
719 Marcello Venturi. L'ultimo veliero
720 Augusto De Angelis. L'impronta del gatto
721 Giorgio Scerbanenco. Annalisa e il passaggio a livello
722 Anthony Trollope. La Casetta ad Allington
723 Marco Santagata. Il salto degli Orlandi
724 Ruggero Cappuccio. La notte dei due silenzi
725 Sergej Dovlatov. Il libro invisibile
726 Giorgio Bassani. I Promessi Sposi. Un esperimento
727 Andrea Camilleri. Maruzza Musumeci
728 Furio Bordon. Il canto dell'orco
729 Francesco Laudadio. Scrivano Ingannamorte
730 Louise de Vilmorin. Coco Chanel
731 Alberto Vigevani. All'ombra di mio padre
732 Alexandre Dumas. Il cavaliere di Sainte-Hermine
733 Adriano Sofri. Chi è il mio prossimo
734 Gianrico Carofiglio. L'arte del dubbio
735 Jacques Boulenger. Il romanzo di Merlino
736 Annie Vivanti. I divoratori
737 Mario Soldati. L'amico gesuita
738 Umberto Domina. La moglie che ha sbagliato cugino
739 Maj Sjöwall, Per Wahlöö. L'autopompa fantasma
740 Alexandre Dumas. Il tulipano nero
741 Giorgio Scerbanenco. Sei giorni di preavviso
742 Domenico Seminerio. Il manoscritto di Shakespeare
743 André Gorz. Lettera a D. Storia di un amore
744 Andrea Camilleri. Il campo del vasaio
745 Adriano Sofri. Contro Giuliano. Noi uomini, le donne e l'aborto
746 Luisa Adorno. Tutti qui con me
747 Carlo Flamigni. Un tranquillo paese di Romagna
748 Teresa Solana. Delitto imperfetto

749 Penelope Fitzgerald. Strategie di fuga
750 Andrea Camilleri. Il casellante
751 Mario Soldati. ah! il Mundial!
752 Giuseppe Bonarivi. La divina foresta
753 Maria Savi-Lopez. Leggende del mare
754 Francisco García Pavón. Il regno di Witiza
755 Augusto De Angelis. Giobbe Tuama & C.
756 Eduardo Rebulla. La misura delle cose
757 Maj Sjöwall, Per Wahlöö. Omicidio al Savoy
758 Gaetano Savatteri. Uno per tutti
759 Eugenio Baroncelli. Libro di candele
760 Bill James. Protezione
761 Marco Malvaldi. Il gioco delle tre carte
762 Giorgio Scerbanenco. La bambola cieca
763 Danilo Dolci. Racconti siciliani
764 Andrea Camilleri. L'età del dubbio
765 Carmelo Samonà. Fratelli
766 Jacques Boulenger. Lancillotto del Lago
767 Hans Fallada. E adesso, pover'uomo?
768 Alda Bruno. Tacchino farcito
769 Gian Carlo Fusco. La Legione straniera
770 Piero Calamandrei. Per la scuola
771 Michèle Lesbre. Il canapé rosso
772 Adriano Sofri. La notte che Pinelli
773 Sergej Dovlatov. Il giornale invisibile
774 Tullio Kezich. Noi che abbiamo fatto La dolce vita
775 Mario Soldati. Corrispondenti di guerra
776 Maj Sjöwall, Per Wahlöö. L'uomo che andò in fumo
777 Andrea Camilleri. Il sonaglio
778 Michele Perriera. I nostri tempi
779 Alberto Vigevani. Il battello per Kew
780 Alicia Giménez-Bartlett. Il silenzio dei chiostri
781 Angelo Morino. Quando internet non c'era
782 Augusto De Angelis. Il banchiere assassinato
783 Michel Maffesoli. Icone d'oggi
784 Mehmet Murat Somer. Scandaloso omicidio a Istanbul
785 Francesco Recami. Il ragazzo che leggeva Maigret
786 Bill James. Confessione
787 Roberto Bolaño. I detective selvaggi
788 Giorgio Scerbanenco. Nessuno è colpevole
789 Andrea Camilleri. La danza del gabbiano
790 Giuseppe Bonaviri. Notti sull'altura

791 Giuseppe Tornatore. Baarìa
792 Alicia Giménez-Bartlett. Una stanza tutta per gli altri
793 Furio Bordon. A gentile richiesta
794 Davide Camarrone. Questo è un uomo
795 Andrea Camilleri. La rizzagliata
796 Jacques Bonnet. I fantasmi delle biblioteche
797 Marek Edelman. C'era l'amore nel ghetto
798 Danilo Dolci. Banditi a Partinico
799 Vicki Baum. Grand Hotel
800
801 Anthony Trollope. Le ultime cronache del Barset
802 Arnoldo Foà. Autobiografia di un artista burbero
803 Herta Müller. Lo sguardo estraneo
804 Gianrico Carofiglio. Le perfezioni provvisorie
805 Gian Mauro Costa. Il libro di legno
806 Carlo Flamigni. Circostanze casuali
807 Maj Sjöwall, Per Wahlöö. L'uomo sul tetto
808 Herta Müller. Cristina e il suo doppio
809 Martin Suter. L'ultimo dei Weynfeldt
810 Andrea Camilleri. Il nipote del Negus
811 Teresa Solana. Scorciatoia per il paradiso
812 Francesco M. Cataluccio. Vado a vedere se di là è meglio
813 Allen S. Weiss. Baudelaire cerca gloria
814 Thornton Wilder. Idi di marzo
815 Esmahan Aykol. Hotel Bosforo
816 Davide Enia. Italia-Brasile 3 a 2
817 Giorgio Scerbanenco. L'antro dei filosofi
818 Pietro Grossi. Martini
819 Budd Schulberg. Fronte del porto
820 Andrea Camilleri. La caccia al tesoro